CAROLA WIMMER

Find me in Paris – Tanz durch die Zeit

Carola Wimmer

Find me in Paris

Tanz durch die Zeit

cbj

Bei diesem Buch wurden die durch das verwendete Material und die Produktion entstandenen CO_2-Emissionen ausgeglichen, indem der cbj-Verlag ein Projekt zur Aufforstung in Brasilien unterstützt.
Weitere Informationen zu dem Projekt unter:
www.ClimatePartner.com/14044-1912-1001

MIX
Papier aus verantwortungsvollen Quellen
FSC® C014496

Wir produzieren Klimaneutral
ClimatePartner.com/14044-1912-1001
Druckprodukt

Penguin Random House Verlagsgruppe
FSC® N001967

4. Auflage

Geschrieben von Carola Wimmer
basierend auf dem Drehbuch von Jill Girling und Lori Mather
Umschlaggestaltung: Init GmbH unter Verwendung eines Film-Fotos
© 2018 – Cottonwood – Opéra de Paris – ZDF – ZDFE.
Picture Thibault Grabherr / Creation Rysk
Fotos im Innenteil: © 2018, Cottonwood – Opéra de Paris – ZDF – ZDFE.
Picture Thibault Grabherr
hf • Herstellung: UK
Satz: KompetenzCenter, Mönchengladbach
Druck: GGP Media GmbH, Pößneck
ISBN 978-3-570-17654-2
Printed in Germany
www.cbj-verlag.de
Dieses Buch ist auch als E-Book erhältlich.

Prolog

Die Sonne schien auf die schönste Stadt der Welt. Lena Grisky stand auf dem Dach der Opéra Garnier und reckte ihr Gesicht in den Himmel von Paris. Sie fühlte sich überglücklich. Einen schöneren Sommer als diesen des Jahres 1905 konnte es nicht geben. Seufzend senkte sie den Blick und trat an die Brüstung. Unter ihr lagen die Straßen und prächtigen Boulevards, Menschen spazierten am Ufer der Seine, vornehme Paare, Herren mit Zylindern, Damen mit zierlichen, spitzenbesetzten Sonnenschirmen. Die ganze Welt reiste nach Paris, Maler und Poeten, Forscher und Gelehrte, englische Prinzen und italienischer Adel. Alle wollten sie hier sein, in der Hauptstadt der Künste, der Wissenschaft, der Liebe – dem heimlichen Mittelpunkt der Welt.

Nur Lena hatte das eigentlich nicht gewollt. Ihre Eltern – Prinzessin Alexandra und Fürst Stefan – hatten sie als Achtjährige aus St. Petersburg hierhergebracht und in eine Ballettschule gesteckt. Damit eine Dame aus ihr würde! Lena kicherte bei diesem Gedanken. Eine Dame war aus ihr nicht geworden! Aber eine leidenschaftliche Balletttänzerin – eine, von der man sagte, sie könnte einmal die beste aller Zeiten werden!

Aber noch war sie nur eine Schülerin. Doch ihr größter Wunsch war es, Primaballerina zu werden. Denn sie liebte nichts mehr als die Musik, den Tanz, die Atmosphäre, den Applaus – aber auch die Arbeit im Probenlicht, den staubigen Bühnenboden, genauso wie die Werkstatt für die Bühnenbilder und die Kostümschneiderei.

Seit einiger Zeit liebte sie aber besonders das von einem goldenen Fries umsäumte Dach der Oper. Jedoch nicht wegen des herausragenden Blicks weit über die Stadt. Für Lena war dieser Platz aus anderen Gründen etwas ganz Besonderes, ein Ort, den sie nur mit klopfendem Herzen betrat. Denn Lena hatte ein Geheimnis …

1

Lena richtete sich wieder auf und rannte über den schmalen Sims, der neben dem riesigen Kuppeldach zum hinteren Teil des Gebäudes führte. Hier befand sich ein alter, ungenutzter Kamin. Vorsichtig löste sie einen Ziegelstein und griff in die entstandene Lücke, um ein Schwarz-Weiß-Foto herauszufischen. Es zeigte Lena mit einem Jungen in ihrem Alter. Er hatte ein ungewöhnlich hübsches und freundliches Gesicht. Unter einer Schirmmütze lugte braunes Haar hervor. Lena drückte das Foto seufzend an die Brust. Im nächsten Moment spürte sie, wie jemand hinter sie trat und ihr die Hände vor die Augen legte. Es war der Junge vom Foto.

»Henri!«, rief sie und drehte sich jauchzend um.

Hier auf dem Dach war ihr Treffpunkt, hier hinterließen sie sich kleine, geheime Nachrichten. Niemand durfte von ihren Begegnungen wissen. Ein solches Verhalten war den Ballettschülerinnen, ja allen wohlerzogenen, jungen

Damen, strengstens verboten. Allein ihre Freundin Claudine kannte Lenas Geheimnis. Diese hielt ihr den Rücken frei und half so, diese kurzen Momente mit Henri zu ermöglichen.

Henri nestelte in seiner Hosentasche und zog eine zierliche Kette hervor. Daran hing eine kleine, zauberhafte Uhr mit einem roten Edelstein in der Mitte. Henri legte Lena die Kette um den Hals.

»Das soll ab jetzt dein Glücksbringer sein«, sagte er lächelnd.

»Wie wundervoll! So einen Glücksbringer habe ich mir schon immer gewünscht!«, rief Lena und sprang Henri vor Freude in die Arme.

Tatsächlich konnte sie einen Talisman gut gebrauchen. Ihre Eltern hatten ein Telegramm geschickt und ihr mitgeteilt, sie wollten die heutige Aufführung besuchen. Lena war deshalb mehr als aufgeregt. Seit zwei Jahren hatte sie ihre Eltern schon nicht mehr gesehen. Sie durfte heute ein Solo tanzen und würde zeigen können, was sie gelernt hatte. Dankbar betrachtete Lena den Anhänger.

»Er hat magische Kräfte«, sagte Henri. »Er wird dir helfen, nie das Gleichgewicht zu verlieren.«

»Danke, danke! Ich verspreche dir, ihn immer zu tragen!« Lena sah Henri zärtlich an. Dann wand sie sich aus seiner Umarmung und rief: »Fang mich!« Im vollen Tempo rannte sie über das Dach. Henri folgte ihr lachend.

Zur selben Zeit hielt eine aus St. Petersburg kommende Dampflok zischend im größten Bahnhof von Paris. Mit zahllosen Kisten und Koffern, einem Gefolge von Zofen,

Dienern und zwei Kosaken, die als Wachen dienten, verließen Prinzessin Alexandra und Fürst Stefan den Zug. Mit Kutschen ging es zum Grand Hotel Royal, direkt an der Seine, wo das hochgestellte Paar die gesamte erste Etage bezog. Nachdem sich ihre Anwesenheit in Paris herumgesprochen hatte, machten sich nahe und ferne Verwandte sogleich auf den Weg, ihnen ihre Aufwartung zu machen. Auch Lena eilte, sobald sie von der Ankunft ihrer Eltern erfahren hatte, direkt ins Hotel. Sie freute sich unglaublich, ihre Familie nach so langer Zeit wiederzusehen. Gerne hätte sie ihre Mutter fest in die Arme geschlossen. Doch sie wusste, dass sie als Prinzessin selbst ihren Eltern gegenüber in der Öffentlichkeit keine Gefühle zeigen durfte.

Zu ihrer Bestürzung fiel die Begrüßung – sogar für aristokratische Verhältnisse – überraschend kühl aus. Prinzessin Alexandra hielt Lena lediglich die Hand entgegen. Fürst Stefan ließ sich von seiner Tochter immerhin auf die Wange küssen. Es folgten ein paar Floskeln über die Reise und das Wetter in St. Petersburg. Dann wandte sich Prinzessin Alexandra demonstrativ anderen Besuchern zu. Lenas Audienz war beendet.

Bitter enttäuscht kehrte Lena zurück in die Oper. Konnte ihre Mutter denn wirklich so nachtragend sein?, fragte sie sich. Als Kind war Lena ein richtiger Wirbelwind gewesen. Regelmäßig hatte sie ihre Mutter zur Weißglut getrieben. Als sie ihren Bruder vor einem festlichen Essen mit voller Absicht in eine Pfütze gestoßen hatte, war ihrer Mutter der Geduldsfaden gerissen: Lena war nach Paris verbannt worden. Seitdem hatte sie sich unter größter Anstrengung kaum noch etwas zuschulden kommen lassen. Und trotzdem hatten die Jahre ihre Mutter offenbar nicht milder gestimmt.

Lena tastete seufzend nach ihrer neuen Kette mit dem Anhänger. Heute Abend würde sie auf der Bühne stehen und ihren Eltern beweisen, dass sie stolz auf sie sein konnten!

2

Am frühen Abend hielten vor der Oper im Minutentakt die schwarz glänzenden Kutschen. Die vornehme Gesellschaft der Stadt hatte sich versammelt, um die neueste Premiere der Opéra Garnier zu erleben. Livrierte Diener servierten Damen in eleganten Roben und Männern in schwarzen Fräcken Champagner. Über die eindrucksvolle Freitreppe strömte das seidenraschelnde, juwelenglitzernde Publikum in den Zuschauerraum, bis schließlich der letzte Platz besetzt war. Neugierig beäugten sich die Anwesenden. Es wurde verstohlen genickt oder huldvoll gelächelt: Man wollte sehen und gesehen werden. Dann wurde der Zuschauerraum verdunkelt, das Licht auf der Bühne flammte auf, die Vorführung begann.

Die Tänzerinnen des Ensembles schwärmten auf die Bühne, bildeten einen weißen Reigen, der zum Takt der Musik scheinbar mühelos auf den Zehenspitzen balancierend, die Beine elegant in die Höhe streckte, zur Seite führte – und sich mit einer Gleichzeitigkeit drehte, als wäre die eine das Spiegelbild der anderen. Es gab keinen Zweifel: Sie waren die Besten der Besten.

Lena stand am Rand der Bühne und verfolgte herzklopfend das Geschehen. Nervös strich sie sich den knielangen Tüllrock glatt und kontrollierte noch einmal den Sitz ihrer Spitzenschuhe. Gleich würde der Nachwuchs sein Können zeigen dürfen. Lenas Auftritt war der erste der Schülerinnen und würde damit im direkten Vergleich zu den Profis stehen.

Zur selben Zeit saßen Prinzessin Alexandra und Fürst Stefan in ihrer Loge. Sie bemerkten nicht, dass Henri sich heimlich in den kleinen Raum geschlichen hatte und sich hinter ihren Sitzen verbarg. Er wollte unbedingt hören, was die Prinzessin und der Fürst über Lenas Auftritt sagen würden. Er war überzeugt, dass sie voll des Lobes sein würden.

Als die Tänzerinnen unter tosendem Applaus die Bühne verließen, fächelte sich Lenas Mutter mit unbewegter Miene Luft zu. Dann beugte sie sich leicht vor. Denn Lena betrat nun die Bühne. Klaviermusik erklang, Lena hob sich auf die Zehenspitzen, eine erste anmutige Drehung und das Publikum war hingerissen. Lena war erfüllt von einem inneren Leuchten. Sie zeigte eine Präsenz auf der Bühne, die mit Training allein nicht zu erreichen war. Vier weitere Tänzerinnen betraten die Bühne, umringten Lena und brachten sie nur noch mehr zum Glänzen.

Vorsichtig lugte Henri zwischen den Sitzen hervor. Lenas Eleganz verschlug ihm den Atem. Ihre Eltern mussten so stolz auf sie sein! Umso überraschter war er, als er plötzlich Prinzessin Alexandra mit schneidender Stimme sagen hörte: »Und trotzdem … Wir nehmen sie mit nach Russland. Gleich morgen Früh!«

Vor Schreck wäre Henri beinahe aufgesprungen! Das durfte doch nicht wahr sein! Mit weichen Knien schlich er aus der Loge.

Er musste sofort zu Lena!

So schnell er konnte, lief er die zahlreichen Treppenstufen hinab, rannte durch das leere Foyer, dann einen Gang entlang zum Bereich hinter der Bühne. Erleichtert entdeckte er Claudine, Lenas Freundin und Vertraute. Zusammen mit zwei anderen Tänzerinnen begutachteten sie Lenas Darbietung. Henri verbarg sich hinter einer Säule und versuchte, Claudine Zeichen zu geben. Und tatsächlich: Claudine bemerkte ihn. Für einen Augenblick trafen sich ihre Blicke. Aber dann drehte sich das Mädchen weg, um mit den anderen Tänzerinnen zu tuscheln.

»Also ich weiß nicht …«, zischte Claudine mit Blick auf Lena. »Sie ist ein Achtel hintendran!«

Die Mädchen nickten beifällig. In diesem Moment endete Lenas Auftritt mit einer endlosen Zahl makelloser Pirouetten im tosenden Applaus. Lena eilte beglückt von der Bühne, direkt auf Claudine zu. Sie strahlte über das ganze Gesicht.

»Oh, Claudine, warte nur, bis du da draußen stehst! Es gibt nichts Vergleichbares!«, rief sie und drückte ihre Freundin fest an sich.

»Du warst großartig!«, antwortete Claudine übertrieben begeistert.

»Oh, nein! Ich war ein Achtel hinterher«, gestand Lena.

»Wirklich? Ist mir gar nicht aufgefallen!« Claudine winkte mit großer Geste ab.

Endlich bemerkte Lena Henri zwischen den Kulissen, der ihr aufgeregt winkte. Lena sah Claudine fragend an.

»Na, geh schon, ich pass auf!«, erklärte Claudine großzügig. Dankbar lief Lena zu Henri.

Dieser nahm wortlos ihre Hand und führte sie in das Foyer, wo sie ungestört waren.

Henri rang nach Worten. »Sie wollen dich zurück nach Russland bringen«, stieß er schließlich hervor. Noch bevor Lena seine Worte vollkommen begriff, erschien Prinzessin Alexandra. Lena wurde blass. Henri zog sich zurück.

»Pack deine Sachen. Wir kehren unverzüglich nach Russland zurück«, befahl die Prinzessin.

»Mutter, bitte! Du hast mich doch tanzen sehen. Ich werde wahrscheinlich ins Ensemble aufgenommen!«, flehte Lena.

Aber Prinzessin Alexandra blieb unbeeindruckt. »Muss ich dich wirklich daran erinnern, dass du Prinzessin Helena bist?«, fragte sie böse. »Du beschmutzt den Namen unserer Familie, indem du dich mit diesem Bauernlümmel abgibst!«

Lena erschrak. Wie konnte ihre Mutter von ihrer Freundschaft mit Henri wissen?

Prinzessin Alexandra schien ihre Frage erraten zu haben. »Glücklicherweise hatte deine Zimmergenossin den Anstand, mir einen Brief zu schreiben«, erklärte sie.

In diesem Moment spürte Lena, dass sich hinter ihr eine Tür öffnete. Claudine erschien im Foyer. Auf ihrem Gesicht lag ein böses Lächeln.

»Es ist vorbei, es wird kein Ballett mehr für dich geben«, sagte Prinzessin Alexandra und stürmte davon.

Lena sah Claudine ungläubig an. »Wie konntest du mir das antun?«, fragte sie schließlich mit tonloser Stimme.

Claudine zuckte mit den Schultern, drehte sich um und ging erhobenen Hauptes davon.

Lena war kurz davor, den Boden unter den Füßen zu verlieren. Da spürte sie Henris vertraute Hand auf ihrer. »Das war's dann wohl?«, fragte er traurig.

Lena ließ den Kopf hängen. Doch im nächsten Moment spürte sie aus ihrem tiefsten Inneren ein unbändiges Aufbegehren.

»Nein, auf keinen Fall!«, sagte sie mit fester Stimme. Henri sah Lena überrascht an. »Lass uns zusammen davonlaufen!«, rief Lena leidenschaftlich.

Henri lachte: »Bist du verrückt geworden?«

Aber Lenas Entscheidung war gefallen. Sie wollte nicht zurück nach Russland, sie wollte in Paris bleiben – mit Henri! Lena hielt Henri ihre Hände entgegen. Auf sein Gesicht schlich sich ein glückliches Lächeln. Gemeinsam rannten sie los! Im Garderobenraum nahm Lena ihre Tasche und warf sich rasch ihr rotes Kleid über.

Über den Hintereingang für die Bühnenarbeiter huschten sie auf die Straße. Doch da entdeckten Prinzessin Alexandras Wachen sie. Lena und Henri machten auf dem Absatz kehrt, aber die beiden Kosaken hatten sie bereits entdeckt und die Verfolgung aufgenommen. Gemeinsam rannten sie Richtung Bühne und bogen dann links ab. Da entdeckte Lena eine Metalltür. Ohne zu zögern, eilte sie darauf zu. Henri schob den Riegel auf und stemmte die beiden Türhälften auseinander. Rasch huschte Lena hindurch. Doch in dem Moment, in dem Henri ihr folgen wollte, krachten die eisenbeschlagenen Türflügel wieder ins Schloss. Henri rüttelte an ihnen, doch sie wollten sich keinen Millimeter bewegen. Es war, als ob jemand sie von der anderen Seite zuhielt.

»Lena!«, rief Henri verzweifelt.

»Henri!« Lena hatte keine Ahnung, wo sie sich befand. Dunkelheit umfing sie. Ihr Herz begann ungewöhnlich heftig zu schlagen. Sie konnte das Pochen deutlich spüren. Erschrocken fasste sie sich an die Brust. Doch es war nicht ihr Herz, das da pochte und klopfte, es war das Medaillon! Es erzitterte unter ihrer Hand, und der Stein in der Mitte begann, rot zu leuchten. Erschrocken ließ Lena die Kette los. Aber der Schein wurde immer heller und plötzlich löste sich ein gleißender Strahl und schoss in die vor ihr liegende Finsternis. Ein dumpfes Rumpeln setzte ein, wie vom Räderwerk einer gewaltigen Uhr, die sich schwerfällig in Bewegung setzt.

»Henri?«, rief Lena erneut. Sie spürte, wie eine unwiderstehliche Kraft sie auf das ratternde Geräusch zuzog. Das konnte kein Bühnentrick sein. Das war keine Falltür oder das Verschieben einer Kulisse! Aber was war es dann?

Schlagartig wich die Dunkelheit einem Lichtwirbel und Lena stürzte ins Nichts. In ihrer Panik versuchte sie, irgendwo Halt zu finden. Schemenhaft zeichneten sich um sie herum für kurze Augenblicke Umrisse von Gebäuden, fremdartigen Orten und Straßen ab. Doch Lena nahm sie in ihrer Angst kaum zur Kenntnis. Straßen und

Landschaften, Segelschiffe auf dem Meer, Menschen in Kleidern einer fremden Mode rasten an ihr vorbei. Endlich hörte das Rattern und Rumpeln auf. Es erklang der dröhnende Schlag von Glocken. Im selben Moment sah Lena das Gesicht eines weißblonden Jungen. Er blickte ihr direkt in die Augen. Verblüfft zeigte er mit dem Finger auf sie. Sein Mund war weit geöffnet, als ob er etwas rufen würde. Lena konnte bei all dem Lärm nicht verstehen, was. Dann wurde es wieder dunkel. Der Glockenschlag verstummte.

3

»Bist du da, Lena? Mach bitte die Tür auf!« Henri drückte seinen Kopf gegen die kalte Oberfläche des Metalls und lauschte angestrengt. Nichts war zu hören. Dann atmete er tief durch und nahm alle Kraft zusammen. Jeder Muskel in seinem Körper spannte sich schmerzhaft an, bis die Tür endlich nachgab und weit aufschwang – nur um den Blick auf eine massive Wand aus Ziegelsteinen freizugeben. Henri entfuhr ein ungläubiges Lachen. Seine Hände fuhren über die Mauer. Da war nichts, kein Spalt, kein loser Stein und vor allem nicht die geringste Spur von Lena! Während Henri versuchte zu begreifen, was passiert war, trat hinter ihm eine hochgewachsene Gestalt aus dem Schatten. Die donnernde Stimme traf ihn bis ins Mark: »Was hast du nur getan, Sohn?«

Henri konnte sich nicht erinnern, seinen Vater jemals so aufgebracht erlebt zu haben. Bevor er sich versah, hatte

Victor Duquet ihn auch schon am Kragen gepackt und von der Tür weggerissen. Obwohl Henri spürte, dass Lena gerade in diesem Moment seine Hilfe dringend brauchte, blieb ihm keine andere Wahl. Er stolperte neben seinem Vater her, den Gang entlang und die Treppe hinauf, bis sie in das kleine Büro im Dachstuhl gelangten.

»Du wirst mir jetzt ganz genau erzählen, was du getan hast und was dann passiert ist«, forderte ihn Victor auf.

»Ja, also …«, stammelte Henri, immer noch nach Luft ringend, »wir rannten auf diese Tür zu, Lena und ich, und … und dann, ich weiß nicht, dann ist sie verschwunden!«

Victors Gesicht verfinsterte sich. »Wo ist es?«, fragte er.

»Wo ist was? Die Tür? Wir standen doch eben davor«, sagte Henri, der nicht verstand, worauf sein Vater hinauswollte.

»Nicht die Tür! Das Medaillon! Wo ist die Kette mit dem Anhänger?«

»Oh«, sagte Henri tonlos und schluckte schuldbewusst. »Die hängt um Lenas Hals.«

Victor verdrehte ungeduldig die Augen. »Wo hast du es gefunden?«, wollte er dann wissen.

»Na, das ist eine komische Geschichte«, begann Henri ausweichend.

Victor sah seinen Sohn streng an.

»In einem Raum … in dem Wandschrank in deinem Büro gibt so eine Art Geheimtür …«, versuchte Henri zu erklären. Denn die Sache war kompliziert.

Beim Aufräumen von Victors Büro hatte er zufällig die Geheimtür im Wandschrank entdeckt. Auf einem Stuhl balancierend hatte er eine Hutschachtel abstauben wollen. Aber als er sie ein Stück hervorzog, war eine gewaltige Staubwolke auf ihn niedergegangen, sodass er kräftig niesen musste. Dummerweise geriet er aus dem Gleichgewicht. Hilflos mit den Armen rudernd hatte er den Halt verloren. Statt seinen Fall zu bremsen, hatte das Regal hinter ihm unerwartet nachgegeben und den Durchgang zu einem verborgenen Raum geöffnet, den er mit seinen alten Büchern, Kisten und Truhen für eine längst vergessene Requisitenkammer gehalten hatte.

»Es ist doch nur ein altes Medaillon …«, sagte Henri zu Victor, der seinen Ausführungen schweigend zugehört hatte. »Warum siehst du mich schon wieder so an, als ob ich etwas ausgefressen hätte?«

Statt einer Antwort schob ihn sein Vater beiseite und betrat nun selbst den Wandschrank. Wenn sich Henri gefragt hatte, ob außer ihm noch jemand von der Existenz des Geheimzimmers wusste, dann beseitigte sein Vater jetzt jeden Zweifel. Zielsicher drückte er einen verborgenen Knopf und die Rückwand schwang knarzend auf.

Das Zimmer war deutlich größer als Victors eigentliches Büro und angefüllt mit allerlei Schränken, Regalen, Kisten und Schachteln. Hastig kramte er eine Geldbörse, eine Taschenuhr sowie einen Stoß alter Papiere hervor und steckte sie in seine Tasche. Mit einem kurzen Blick über die Schulter versicherte sich Victor, dass sein Sohn ihn nicht beobachtete, bevor er eine Schublade aufzog. Darin lag ein seltsames kleines Täfelchen. Die Oberfläche war glatt, fast wie bei einem Rasierspiegel, aber das Glas war viel zu dunkel, um etwas darauf zu erkennen. Zusammen mit all den anderen Sachen verschwand es in Victors Tasche.

»Du hast ja keine Ahnung, was du angestellt hast«, sagte Henris Vater.

»Habe ich wirklich nicht, nein! Ich weiß überhaupt nicht, was los ist!«, sagte Henri und deutete mit dem Finger um sich. »Ich sehe nur, dass du Geheimnisse hast! Aber die viel wichtigere Frage ist: Wo ist Lena …?«

»Durch deine Schuld ist sie durch die Zeit gereist«, schnitt ihm sein Vater das Wort ab.

Henri sah seinen Vater ungläubig an, dann brach er in schallendes Gelächter aus: »Okay, der Witz war gut«, prustete er los. »Immerhin hast du deinen eigenwilligen Humor nicht verloren.«

Victor schüttelte den Kopf. Mit großem Ernst fuhr er fort: »Ich wollte eigentlich warten, bis du alt und vor allem reif genug bist, um dich der Verantwortung würdig zu erweisen.« Er trat einen Schritt vor und legte Henri die Hand auf die Schulter.

»Mein Sohn«, verkündete er mit feierlicher Miene, »wir sind Zeitreisende!«

4

Um Lena herum wurde es schlagartig gleißend hell. Das Nächste, was sie wahrnahm, waren der Bühnenboden, auf dem sie lag, das Geräusch von Spitzenschuhen und das Rascheln von Tutus. Mühsam richtete sie sich auf.

»Henri? Wo bist du?« Taumelnd versuchte sie, sich zurechtzufinden. Dabei stieß sie mit einem Jungen zusammen. Er war hoch gewachsen, hatte dunkles Haar und schwarze, melancholische Augen.

»He, pass auf, wo du hintrittst!«, rief er halb amüsiert, halb verärgert.

Eine Hand griff sie sanft am Arm und zog sie zur Seite. Der Arm gehörte einem Mädchen mit dunklem Teint und schwarzen, gekräuselten Haaren.

»Los, stell dich in die Reihe. Wir sind gleich dran«, flüsterte sie.

Lena starrte das Mädchen fasziniert an. So wuschelige Haare hatte sie noch nie gesehen! Ines besah nun ihrerseits Lena genauer.

»Wow, mutig!«, flüsterte sie, deutete auf das Kleid und kniff ein Auge verschmitzt zusammen.

Lena sah sich um. Hinter ihr standen noch vier weitere Mädchen in der Reihe. Alle trugen weiße Tutus. Als sich die Gruppe in Gang setzte, wurde Lena mitgezogen. Da bemerkte sie, dass sie gerade im Begriff war, auf die offene Bühne zu treten. Im Zuschauerraum sah sie Publikum sitzen. Alle trugen seltsame Kleidung!

»Wartet – was passiert hier?«, fragte Lena und hielt sich an ihrer Reisetasche fest, als sei dies ein Anker. Hier stimmte etwas nicht, aber sie konnte nicht sagen, was! Plötzlich stieg eine noch nie empfundene Panik in ihr auf. Hals über Kopf wollte sie von der Bühne flüchten und stolperte dabei über die Tänzerin hinter ihr. Polternd gingen beide zu Boden.

»Runter! Runter. Von. Mir!«, zischte das Mädchen und

versuchte sich aufzurappeln. Aber Lena klammerte sich ängstlich an ihr fest.

»Was machst du denn? Los, verschwinde«, schimpfte das Mädchen und schubste Lena zur Seite.

Das Publikum raunte. Lena stand auf und taumelte an die Seite der Bühne, hinüber zu dem Mädchen mit den Wuschelhaaren und den anderen Tänzern.

In diesem Moment ertönte eine Ansage: »Meine Damen und Herren, wir heißen Sie herzlich willkommen. Es ist uns eine Ehre und ein ebensolches Vergnügen, Ihnen hier und heute das Ensemble des Pariser Opernballetts zu präsentieren und unsere Nachwuchsklasse 2018.«

»2018? Was bedeutet das, 2018?«, stammelte Lena.

»Wow. Du scheinst ja unglaubliches Lampenfieber zu haben? Wir haben das Jahr 2018 …«, begann das Mädchen zu erklären.

Lena unterbrach sie. »Das Jahr? Wir haben das Jahr 2018? Oh mein …« Lena wurde es schwarz vor Augen. Ohnmächtig sank sie zu Boden.

5

Henri konnte nicht glauben, was sein Vater da erzählte. »Wir sind Zeitreisende?« Auf seinem Gesicht lag ein amüsierter Ausdruck. »Ist das jetzt so wie damals, als du mir einreden wolltest, dass wir mit dem Königshaus verwandt sind, nur damit ich besser auf meine Sachen aufpasse?«, fragte er lachend.

Statt einer Antwort holte sein Vater ein dickes, ledergebundenes Buch hervor.

»Was ist das?«, fragte Henri.

»Unsere Familie reist schon seit Jahrhunderten durch die Zeit, Henri. Hier drin ist alles festgehalten«, erklärte Victor. Er fuhr mit dem Finger über den Einband. »Aber dafür gibt es Regeln, wichtige Regeln. Und heute hast du geschafft, gegen so gut wie jede davon zu verstoßen.«

Henri streckte die Hand nach dem Buch aus, doch sein Vater schüttelte den Kopf und stellte es ins Regal zurück. Henri ahnte allmählich, dass sein Vater ihm tatsächlich die Wahrheit sagte. Victor Duquet war nicht der Typ für solche Scherze. In Henris Hals bildete sich ein dicker Kloß.

»Kann ich das alles wiedergutmachen?«, fragte Henri.

»Das kann ich dir leider nicht gestatten. Du hast keine offizielle Erlaubnis für Zeitreisen. Und du hast jetzt schon Dinge in Bewegung gesetzt, die sich nicht mehr umkehren lassen.«

Henri ließ sich auf einen Stuhl plumpsen.

Victor legte ihm den Arm auf die Schulter. »Am besten hilfst du Lena, wenn du hier in der Opéra Garnier bleibst!«

»Aber du schaffst es doch, sie zurückzuholen, oder?« Henri sah sorgenvoll auf.

»Das will ich zumindest hoffen.« Victor holte seine Tasche. Gemeinsam verließen sie das Büro. Tausend Fragen schossen Henri durch den Kopf, während sie das dunkle Treppenhaus hinabliefen. Aber er fühlte, dass es wohl besser war zu schweigen.

»Lena ist hier durch das Garnier-Portal gegangen«, sagte sein Vater schließlich, als sie bei der schweren Eisentür angelangt waren. »Allerdings bedeutet das nur, dass wir wissen, wo sie gelandet ist, aber nicht wann.«

Er zog eine goldene Taschenuhr hervor und betrachtete eingehend das Zifferblatt.

»Wie meinst du das?«, wollte Henri wissen.

»Nun, sie könnte im Jahr 1975 angekommen sein oder im Jahr 2030. Von unserer Seite aus gibt es leider keine Möglichkeit, durch den Zeitstrudel zu sehen. Aber ich werde mich auf die Suche nach ihr machen.«

Victor schloss den Deckel seiner Uhr und drehte die Krone bis zum Anschlag, dann drückte er sie mit dem Daumen hinein. Henri konnte sie laut ticken hören, und zu seinem Erstaunen sah er, dass die Uhr zu leuchten begann.

»Da ist noch eine Sache, die du unbedingt wissen solltest!«

Victor legte die Hand auf die Schulter seines Sohnes.

»Was«, sagte Henri, »sag bitte nicht, dass wir auch noch Vampire sind!«

»Kannst du nicht für eine Sekunde ernst bleiben?«, ärgerte sich sein Vater.

Henri nickte entschuldigend.

»Nimm dich vor den Zeitsammlern in Acht«, erklärte sein Vater. »Du hast das Portal geöffnet. Das wird ihnen nicht verborgen geblieben sein und sie werden Lena und dir jetzt auf den Fersen sein. Ich kann dir auch nicht viel über sie sagen, aber sie wurden das letzte Mal im 18. Jahrhundert gesehen. Du müsstest sie also leicht an ihrer Kleidung erkennen können.« Victor sah Henri eindringlich in die Augen. »Halte dich um jeden Preis fern von ihnen. Du darfst ihnen nicht in die Hände fallen!«

»Was wollen diese Zeitsammler?«

»Sie wollen dich«, sagte Victor. »Und Lena und alle Zeitmesser.«

»Was sind Zeitmesser?«, setzte Henri an, doch sein Vater schnitt ihm das Wort ab: »Keine Zeit für Erklärungen. Ich muss gehen, bevor sich das Portal schließt.«

Die Taschenuhr strahlte nun so hell, dass Henri davon geblendet wurde. Victor ging ohne ein weiteres Wort eilig auf die Tür zu, öffnete sie und schritt hindurch. Ungläubig blickte Henri auf das Mauerwerk. Sein Vater war verschwunden. War diese Tür also wirklich das Portal in eine andere Zeit? Wohin war Lena nur geraten?

6

»Zurück, alle zurück. Macht ihr doch Platz!«

Lena schlug die Augen auf. Über sie beugte sich ein Mann mit einem elegant geknoteten Schal. Ein Stück weiter standen Tänzer und Tänzerinnen, die Lena neugierig betrachteten.

»Wer ist sie überhaupt? Und was hat sie da nur an? Das ist ein Defilee, keine Kostümparty«, zischte das Mädchen, das Lena umgerannt hatte.

Der Mann mit dem Schal befühlte Lenas Stirn. »Wie ist dein Name?«

»Helena Gr…«, brachte Lena hervor, wurde aber sofort unterbrochen.

»Elena Grande? Aus Italien?«, fragte der Mann. »Wir haben dich erst in ein paar Tagen erwartet!«

Lena schüttelte schwach den Kopf. Sie versuchte zu wiedersprechen. »Nein. Ich bin …«

»Ines, hol den Sanitäter«, gab der Mann Anweisungen.

»Na toll. So eine Drama-Queen«, ätzte das Mädchen wieder.

Aber Lena hörte schon nichts mehr. Sie war erneut in Ohnmacht gefallen.

Lena erwachte erst am nächsten Morgen auf der Krankenstation der Ballettschule.

»Guten Morgen, meine Liebe«, begrüßte sie die Krankenschwester. Lena sah sich erschrocken um. Den Raum kannte sie, aber warum sah der heute so anders aus als sonst?

»Wo ist Henri? Ich muss sofort zu ihm!«, rief Lena.

In diesem Moment betrat das Mädchen mit den Wuschelhaaren das Zimmer. Sie hatte ihre Haare streng zurückgekämmt und trug ein schwarz-rotes Tutu.

»Hey, Elena, ich bin Ines, wir teilen uns das Zimmer!«, sagte sie und wandte sich gleich an die Krankenschwester. »Darf sie aufstehen? Gleich beginnt das Vortanzen für Madame Carrés exklusiven Workshop!«

Lena verstand kein Wort. Heimlich schielte sie zur Tür.

»Sie müssen es ihr unbedingt erlauben, Schwester! Sie wissen doch, was es bedeutet, wenn sie nicht mitmachen darf!«, redete Ines auf die Krankenschwester ein. »Das ist die Eintrittskarte für ein festes Engagement beim Pariser Opernballett, eine einmalige Gelegenheit.«

Endlich nickte die Krankenschwester. »Jaja, schon gut. Ich hole ihr noch eine Tablette gegen die Kopfschmerzen«, sagte sie und verließ das Zimmer.

Ines klopfte Lena auf die Schulter. »Einen beeindruckenden Auftritt hast du da gestern hingelegt. Also wie du mit deinem roten Kleid beim Defilee in Ohnmacht gefallen bist. Das macht dir so schnell keiner nach!«

Lena erinnerte sich mit einem Schlag an alle Details des vergangenen Abends. Sie hob die Hände, als wolle sie Fliegen abwehren.

»Wir sehen uns in einer Stunde im Probenraum im zweiten Stock!«, verabschiedete sich Ines. Lena nickte eifrig, aber sie hatte keine Sekunde vor, zu diesem »Work-Ding« oder »Shop-Work-Ding« – was immer das sein sollte – zu gehen! Rasch griff sie nach ihrer Tasche und huschte aus dem Raum. Sie musste unbedingt Henri finden!

7

»Ein Portal«, murmelte Henri, während er noch immer vor der Mauer stand. »Die Tür ist ein Portal und ich Idiot habe Lena da durchgeschickt!«

Plötzlich hörte er das Geräusch sich rasch nähernder Schritte.

»Hab ich dich endlich! Wo ist sie?« Es war Prinzessin

Alexandra. Ihre Stimme klang schrill. Henri zuckte unwillkürlich zusammen. »Ich schwöre Ihnen, ich weiß nicht, wo sie ist!«

Die Prinzessin warf ihm einen wütenden Blick zu. »Jetzt will ich dir mal etwas verraten, mein Junge: Wenn ich herausfinde, dass du meine Tochter versteckst, dann schwöre ich dir, dass du das bitter bereuen wirst!«

»Sie müssen mir glauben«, sagte Henri, während er sich an Lenas Mutter vorbeidrückte, um so schnell wie möglich die Treppe hinaufzurennen. Er wollte die Zeit bis zur Rückkehr seines Vaters gut versteckt in dessen Geheimzimmer verbringen.

Gedankenverloren blätterte er in dem großen, ledergebundenen Buch. Es war ein ziemlicher Wälzer, seitenlange handschriftliche Notizen und Beschreibungen von Orten oder Personen, Zeichnungen mit fremdartigen Symbolen, über deren Bedeutung Henri nur rätseln konnte. Er war ungefähr in der Mitte des Buches angelangt, als etwas herausfiel. Henri bückte sich danach. Zu seinem Erstaunen war es ein Farbfoto! Die junge Frau darauf wirkte beinahe lebendig und nicht so steif, wie er das von Fotos her kannte. Irgendwie kam sie ihm auch bekannt vor, trotz ihrer merkwürdigen Aufmachung. Statt einer Bluse trug sie nämlich nur so eine Art Unterhemd, das die Arme unbedeckt ließ. Auf dem Hemdchen war ein knallgelbes Gesicht aufgemalt, das den Betrachter fröhlich angrinste. Dazu ein Schriftzug: »Don't worry, be happy!«

Henri drehte das Foto um. Auf der Rückseite fand er eine Nachricht an seinen Vater: »Victor, die Zeitsammler haben mehr Schaden angerichtet, als ich für möglich gehalten hätte. Wir werden uns nicht wiedersehen, aber ich werde meine Hälfte des Amuletts mit meinem Leben beschützen. Ich bin mir sicher, du wirst das Gleiche tun. Unsere schlimmsten Ahnungen haben sich bestätigt: Die Zeitsammler haben unseren Freund gefangen, und ich fürchte, wir werden ihn nie wiedersehen … Alex.«

Henri spürte, wie sich ihm die Nackenhaare aufstellten. Wie hatte er Lena nur in solch eine große Gefahr bringen können? Und das Schlimmste war: Sie ahnte nicht einmal etwas davon! Fieberhaft überlegte er, was er tun konnte. Doch ihm wollte nichts einfallen.

Verzweifelt betrachtete er das Buch in seiner Hand. Auf dem ledernen Einband waren zwei ineinander verschlungene Kreise zu sehen und ein paar Worte in Latein. Während er die Seiten umblätterte, kam ihm eine Idee. Mit etwas Glück gab es tatsächlich eine Möglichkeit, Lena zu warnen! Rasch suchte er Papier. Dann zog er seinen Federhalter aus der Tasche und begann zu schreiben …

Lena war von der Krankenstation direkt aufs Dach der Opéra Garnier gerannt. Denn eines war sicher: Wenn Henri irgendwo auf sie wartete, dann hier oben! Doch zu ihrer Enttäuschung fand sie das Dach vollkommen leer vor. Von Henri war weit und breit nichts zu sehen.

»Oh, Henri. Wo steckst du nur?«, rief sie. Da kam ihr eine Idee: Vielleicht konnte Henri nicht kommen, weil er gefangen oder in Schwierigkeiten war – aber womöglich hatte er ihr eine Nachricht hinterlassen? Eilig lief sie zum Kamin und entfernte den Ziegelstein aus der Lücke in der Mauer. Und wirklich! Ihre Hand ertastete ein Stück

Papier, rasch zog sie es heraus. Es war ein Brief, ganz vergilbt und verstaubt!

Sie las: »Liebste Lena! Ich weiß nicht, ob Du das überhaupt bekommen wirst, doch ich muss es zumindest versuchen. Meine Familie hat ein Geheimnis. Wir sind Zeitreisende. Und jetzt bist auch Du eine.«

Lena ließ den Brief sinken. Sie konnte nicht glauben, was Henri ihr schrieb! Machte er Witze? Konnte er sich denn nicht denken, dass ihr gerade nicht nach Späßen zumute war?

Verwirrt las sie weiter: »Ich weiß, das hört sich verrückt an, aber Reisen in verschiedene Zeiten gibt es wirklich. Mein Vater sagt, Du bist durch ein Portal gegangen. Das bedeutet, dass Du am gleichen Ort rausgekommen sein solltest, nur in einem anderen Jahr. Ich weiß nicht, in welchem Jahr genau, doch wenn mein Vater recht hat, bist Du immer noch hier im Garnier. Das ist doch immerhin was, oder?«

Lena keuchte. Das Atmen fiel ihr schwer. Sie konnte nicht leugnen, dass Henris Worte bei genauerer Betrachtung einen gewissen Sinn ergaben. Mit aufsteigenden Tränen in den Augen las sie weiter: »Das Amulett ist schuld an Deiner Zeitreise. Es ist etwas Besonderes. Verwahre es sicher. Pass immer darauf auf. Es gibt Leute, die alles dafür tun würden, um es in die Finger zu bekommen. In welcher Zeit Du auch immer sein magst, mach einfach, was Du immer tust. Tanze. Tanze, als ob Dein Leben davon abhinge. Bleib auf jeden Fall im Garnier, und ich verspreche Dir, wir werden Dich finden! Und noch etwas: Ich will Dir keine Angst einjagen, aber nimm Dich in Acht vor drei Typen, die komisch angezogen sind. Das sind die Zeitsammler. Sie sind Dir auf den Fersen. Und sie sind gefährlich.«

In Lenas Kopf herrschte vollkommenes Chaos. Erst langsam ordneten sich ihre Gedanken: Sie musste hier im Garnier bleiben, damit Henri sie retten konnte! Aber dafür musste sie tanzen! Mehr noch! Wie hatte Henri geschrieben? Sie musste tanzen, als ob ihr Leben davon abhinge! Und genau das würde sie tun!

8

Lena rannte so schnell wie möglich in den zweiten Stock, dort, wo gleich der Unterricht beginnen würde. Als sie das Studio betrat, wurde sie sogleich von Ines abgefangen.

»Da bist du ja endlich!«, rief sie und zog sie auf eine Bank neben sich.

Lena sah sich um: Etwa 15 Jungen und Mädchen warteten auf das Erscheinen der Lehrerin. Einige dehnten die Beine oder richteten sich die Haare. Die meisten jedoch waren mit schwarzen Täfelchen beschäftigt.

»Warum sprechen die alle mit sich selbst?«, wollte Lena gerade fragen. Aber in diesem Moment dröhnte ein ohrenbetäubender Hip-Hop-Beat aus den Lautsprechern. Lena sah sich erschrocken um. Was waren das für Töne? Und wo kamen sie her? Nirgends war ein Orchester zu sehen! Ihr Blick fiel auf einen hochgewachsenen, rotblonden Jungen. Er hatte runde Augen und ein lustiges Gesicht. Mit dem Einsetzen der Musik hatte er begonnen, wilde Hip-Hop-Bewegungen zu machen.

»Warum zappelt er so?«, fragte Lena besorgt.

»Krass, oder? Das ist Jeff, ist auch neu. Ich werde noch nicht ganz schlau aus ihm, aber eins ist schon mal klar: Der ist ein echt kranker Tänzer«, sagte Ines.

»Oh nein, ihm geht es nicht gut? Welche Krankheit hat er denn?«, entfuhr es Lena.

Ines lachte. Jeff, der offenbar bemerkte, dass die Mädchen über ihn sprachen, kam tanzend näher. Dabei übertrieb er seine Bewegungen und seine Mimik immer mehr. »Oh yeah. Oh yeah. Lass es raus. Lass es raus. Spürst du mich?«, rief er grinsend.

Lena wusste nicht, was sie davon halten sollte. In ihren Ohren klangen Jeffs Worte irgendwie unanständig.

»Wie kannst du es wagen, so mit mir zu sprechen?«, empörte sie sich.

»Entspann dich, das sind unsere fünf Minuten zum Rumalbern, bevor es hier gleich richtig ernst wird. Komm schon, probier's einfach mal aus!«, beruhigte sie Ines.

Jeff stellte sich lachend vor Lena, machte ein paar Roboterbewegungen und ließ sich in einen einarmigen Handstand fallen. Einen Handstand traute sich Lena auch zu. Also stand sie auf, stellte die Arme auf den Boden und schwang die Beine in die Luft. Doch als sie einen Arm hob, verlor sie das Gleichgewicht. Bevor sie auf dem Boden aufschlug, war zum Glück ein Retter zur Stelle: der Junge mit den dunklen Augen. Unbeschadet landete sie in seinen Armen.

»Vorsicht, Chica. Wir wollen doch nicht, dass du schon

wieder hinfällst, oder?«, scherzte er, während er Lena vorsichtig auf die Füße stellte.

Verlegen sah Lena zu Boden. In diesem Moment änderte sich die Musik, ein Klavierstück erklang, und das Mädchen, das Lena beim Defilee zu Fall gebracht hatte, betrat den Raum. Sie trug streng zurückgekämmtes Haar und wurde von zwei Mädchen eskortiert. Lächelnd ging sie auf Lenas Retter zu und gab ihm zur Begrüßung einen Kuss auf die Wange. Offenbar waren die beiden ein Paar.

Wenige Sekunden später erschien eine sehr hübsche, drahtige Dame mit gelocktem, kastanienbraunen Haar. Sofort wurde die Musik ausgeschaltet. Die Schüler beendeten ihre Aufwärmübungen, stellten sich in einer Reihe auf und verbeugten sich. Auch Lena reihte sich rasch ein. Doch statt einer Verbeugung machte sie einen tiefen Knicks, so wie sie es zur Begrüßung von Tanzlehrern gelernt hatte. Die Frau blickte ihr interessiert in die Augen. Dann wandte sie sich an die Klasse.

»Wer von euch nicht bereit ist, auf der Bühne alles, aber auch wirklich alles zu geben, und zwar jedes Mal, wenn er rausgeht, der sollte sich fragen, ob er hier richtig ist. An meinem Workshop teilzunehmen, ist eine große Ehre und ein besonderes Privileg«, erklärte sie mit strenger Stimme.

»Wer ist das?«, flüsterte Lena.

»Gabrielle Carré?«, erwiderte Ines. »Du kennst die berühmteste Primaballerina aller Zeiten und die Direktorin der Ballettschule nicht?«

Madame Carré trat zur Seite. »Ich will euch kennenlernen! Zeigt mir im Tanz, wer er ihr seid! Wer gut ist und mich überzeugt, darf meinen Workshop besuchen.«

Rasch strömten die Tänzer und Tänzerinnen zu niedrigen Bänken am Rand der Tanzfläche. Nur das Mädchen mit der strengen Ballettfrisur blieb in der Mitte stehen. Sie brannte offenbar darauf, als Erste vor Madame Carré zu tanzen.

»Das ist Thea Raphael«, erklärte Ines leise. »Die beiden Mädchen, von denen sie immer begleitet wird, sind Bree und Kennedy. Sie sind so was wie Theas Fanclub.«

Es erklang klassische Musik, üppig und laut, mit Streichern, Pauken und Trompeten. Thea begann zu tanzen, erst waren ihre Bewegungen sparsam, dann wurden sie immer kraftvoller und größer. Lena erkannte sofort, wie gut Thea war. Technisch war sie perfekt, rhythmisch immer auf dem Punkt. Sie war athletisch und biegsam, ihre Sprungkraft konnte mit der eines Jungen mithalten.

»Sie ist sehr ehrgeizig«, flüsterte Ines. »Und sie ist gut durchtrainiert, eine Maschine! Sie könnte nach einer Ballettaufführung ohne Probleme noch einen Marathon laufen und dann den Ärmelkanal durchschwimmen!«

Lena war tief beeindruckt. Auch Madame Carré betrachtete Thea wohlwollend. Als Nächstes betrat der Junge mit den dunklen Augen die Tanzfläche.

»Max Alverez. Den kennst du ja schon!«, erklärte Ines.

Max schnappte sich ein rotes Tuch und begann einen langsamen, aber leidenschaftlichen Tanz zu einer sehnsüchtigen Musik. Seine Bewegungen, sein ganzer Körper erzählte die traurige Geschichte einer hoffnungslosen Liebe. Lena verschlug es den Atem. Niemals hatte sie damit gerechnet, dass ein Junge in ihrem Alter sich so unverstellt und wahrhaftig auf der Bühne auszudrücken vermochte.

»Also diese ganze Max-Alverez-Geschichte ist ja nicht so mein Ding, aber bei dir sieht das offenbar anders aus«, flüsterte Ines. »Man erzählt sich, er habe als Kind keine klassische Ballettausbildung bekommen und ich meine jetzt wirklich null. Aber das muss ich ihm echt lassen: Er kann tanzen, pass auf!«

Max zeigte zum Abschluss ein Grand Jeté. Der hohe Spagatsprung wurde von den Anwesenden mit spontanem Applaus bedacht.

»Anscheinend war er früher auf einem englischen Internat, superelitär. Dort wurde er rausgeschmissen. Man kann ihm ansehen, dass er etwas zu verbergen hat!«, hörte sie Ines erzählen. »Ach, und übrigens, er ist mit Thea zusammen. Und so, wie sie dich schon die ganze Zeit anguckt, kann sie dich nicht leiden.«

Lena horchte auf. Sie hatte eine Feindin?

»Soll ich etwas unternehmen, um sie umzustimmen? Ich könnte ihr einen Entschuldigungsbrief schreiben?«

Ines sah Lena verblüfft an. »Oh ja klar, ein Brief … das hilft bestimmt«, sagte sie sarkastisch.

Lena sah hinüber zu Max, der sich an die andere Seite der Wand setzte. »Erzähl mir mehr von ihm«, bat sie.

Ines warf Lena einen amüsierten Blick zu. Dann fuhr sie fort: »Seine Mutter soll Engländerin gewesen sein und sein Vater Spanier. Gab wohl einen tragischen Unfall, bei dem beide gestorben sind. Aber es heißt, sie haben ihm einen dicken Treuhandfonds hinterlassen. Letztes Jahr machte sogar das Gerücht die Runde, er sei mit dem Königshaus verwandt. Da würde ich aber nicht allzu viel darauf geben. Jedenfalls kümmert sich eine Tante um ihn.

Und sie war es auch, die sein Interesse am Ballett geweckt hat.«

Vermutlich hätte Ines noch mehr erzählt, aber ein Junge sprang übermütig zu ihnen auf die Bank und rutschte dicht an Lena heran.

»Hey, neues Mädchen, wie geht's? Ich bin Dash Khan!«, rief er und hielt Lena lächelnd seine Faust entgegen. Lena sah Dash entgeistert an. Sie hatte in ihrem ganzen Leben noch nie einen Inder gesehen.

»Viel besser, danke der Nachfrage«, sagte sie schließlich und starrte auf Dashs Faust. Offenbar wurde von ihr eine Reaktion erwartet. Langsam hob sie ihre Hand und reichte sie dem Jungen zum Handkuss. Dash lachte. Doch dann küsste er elegant Lenas Handrücken.

»Elena Grande, bitte«, hörte sie plötzlich Madame Carré rufen.

Lena reagierte erst nicht, doch dann sprang sie hastig auf. Sie war gemeint! Als sie in die Mitte des Raumes ging, fühlte sie, wie ihre Knie weich wurden. Die ersten Töne der Musik erklangen, aber Lena stand wie angewachsen da. Die Musik stoppte und begann von Neuem. Lena gab sich einen Ruck. Sie hob sich auf die Zehenspitzen und vollführte eine langsame Drehung. Es folgte eine perfekte Arabesque und Lena war mit sich selbst wieder eins. Es war egal, ob es 1905, 1870 oder 2018 war. Hauptsache, sie tanzte! Und wie sie tanzte! Ein Leuchten ging von ihr aus, das auch Madame Carré aufzufallen schien. Die Lehrerin lehnte sich ein Stück vor und verfolgte mit weichem Blick Lenas weltentrückten Tanz.

Lena dachte an Henri, an die schönen Abende, die sie

gemeinsam auf dem Dach verbracht hatten … Doch da sprang ihr ein böses Wort ins Gedächtnis: »Abschied.« Lena strauchelte. Sie fühlte Madame Carrés strengen Blick. Sie durfte nicht versagen! Zum Glück bekam sich Lena sofort wieder unter Kontrolle. Anmutig und strahlend wirbelte sie in einer kaum zählbaren Zahl blitzschneller Pirouetten durch den Raum. Doch in der Bewegung streifte ihr Blick den Spiegel, der für eine Sekunde das Bild von drei merkwürdig gekleideten Burschen zurückwarf, die in der Tür standen. Der eine von ihnen hatte weißblondes Haar und starrte Lena böse an. Lena brach die Drehung ab und wandte ihren Kopf hastig zum Eingang. Doch die Gestalten waren verschwunden.

Waren das die Zeitsammler, vor denen Henri sie gewarnt hatte? Mit rasendem Herzen huschte sie zu ihrem Platz zurück und suchte neben Ines Schutz. Sie bemerkte nicht, wie Madame Carrés Blick sehr streng geworden war. Die Lehrerin zog einen Stift hervor und notierte Lenas Namen auf einer besonderen Seite ihres Notizbuchs. Es war die Seite mit den Namen derjenigen, die keine konstante Leistung zeigten und die Schule wahrscheinlich bald verlassen mussten.

9

Lena hätte sich am liebsten unsichtbar gemacht. Sie wagte es kaum, ihren Kopf zu heben und zur Tür zu sehen. Was, wenn diese Gestalten wieder auftauchten? Sie war derart mit den Zeitsammlern beschäftigt, dass sie nicht darauf achtete, wie nach und nach auch die anderen Schüler und Schülerinnen vor Madame Carré ihr Können zeigten.

Erst als Ines an der Reihe war, wurde sie aus ihren Gedanken gerissen. Es erklangen quietschende E-Gitarren, ein lärmender Rocksong begann. Ines sprang aus dem Stand ein Grand Jeté und legte eine wilde Tanznummer hin, sodass nicht nur Lena der Mund offen stand. Dieses Mädchen schien aus purer Energie zu bestehen!

Madame Carré verfolgte die Darbietung etwas überrascht, lächelte am Schluss aber wohlwollend. Schließlich beendete sie die Stunde und alle packten ihre Sachen. So auch Ines.

»Wo gehst du hin?«, wollte Lena erschrocken wissen.

»Nach Hause.«

»Ich dachte, wir schlafen hier im Garnier?«

Ines schüttelte den Kopf. »Ich wünschte, so wär's!«

»Aber ich muss hierbleiben!«, rief Lena entsetzt.

»So schlimm sind unsere Zimmer im Internat der Ballettschule auch wieder nicht. Und das Gebäude ist nicht weit weg«, lachte Ines.

Doch dann bemerkte sie Lenas verzweifelten Gesichtsausdruck.

»Keine Panik! Wir sind fast dauernd im Garnier. Und ganz unter uns: Der Pförtner am Bühneneingang kneift jederzeit ein Auge zu, wenn wir Schüler ins Gebäude wollen.«

Lena nickte erleichtert und folgte Ines. Auf der Straße verschlug es ihr jedoch für einige Sekunden den Atem, sodass sie sich regelrecht an Ines' Arm klammern musste. Denn wie sehr Paris in den letzten hundert Jahren eine andere Stadt geworden war, damit hatte sie nicht gerechnet. Statt weniger Automobile, vieler Kutschen und zahlreicher flanierender Fußgänger fand sie die Straßen überfüllt mit hupenden Autos und hastenden Menschen. An jeder Ecke befanden sich Geschäfte für Kleidung, Schuhe und Kosmetik. Neugierig lugte Lena in die Auslage eines Obsthändlers. Viele der Früchte hatte sie noch nie gesehen. Ines zog sie weiter zu einem kleinen Imbiss. Sie kaufte eine Pizza und ließ sie sich im Karton mitgeben.

»Die können wir später teilen«, sagte sie. »Ich habe mächtig Kohldampf.«

Endlich erreichten sie das Internat. Im Gegensatz zum wuchtigen Operngebäude war das Haus schmal und hatte eine moderne, luftige Glasfassade. Das riesige, sonnendurchflutete Foyer war bevölkert mit Jungen und Mädchen jeden Alters. Einige saßen gemeinsam auf bunten Sitzgelegenheiten, alberten herum, unterhielten sich oder beschäftigten sich mit ihren Smartphones. Andere bereiteten sich auf den Unterricht vor und übten Tanzschritte. Die Atmosphäre wirkte derart fröhlich und zwanglos, dass Lena ganz anders ums Herz wurde. In ihrer Zeit waren Freiheit und Selbstbestimmung Fremdwörter – vor allem für Mädchen. Wenn das also die Zukunft war …

Ines zog sie mit zu einem der Tische und bot ihr Pizza an. Erst jetzt bemerkte Lena, dass auch sie riesigen Hunger hatte. Doch wo war das Besteck? Oder sollte sie diesen Fladen mit der Hand essen? Vielleicht war das so üblich, überlegte sie. Amüsiert griff sie sich ein Stück und kostete.

»Lecker!«, rief sie begeistert und versuchte die Schrift auf dem Karton zu entziffern. »P-i-z-z-a?«

»Du weißt nicht, was Pizza ist?«, fragte Ines. »Ich dachte, du kommst aus Italien?«

Lena senkte verlegen den Kopf.

Ines seufzte. »Okay. Was ist hier los? Wo kommst du wirklich her? Du hörst dich manchmal echt an, als wärst du von einem anderen Planeten, und du benimmst dich wie jemand aus einer Geschichtsdoku.«

»Also, ich … ich komme aus einem ganz kleinen, wirklich kleinen Dorf in Russ … – äh, ich meine Italien …«, erwiderte Lena. »Bei uns gibt es keine Dinge … wie Pizza.«

»Ooohhhh. Sag mal, bist du vielleicht eine Amische?« Ines glaubte, endlich begriffen zu haben. Als Amische wäre Lena in einer Glaubensgemeinschaft aufgewachsen, die völlig unter sich blieb und alle neuen Erfindungen wie Strom, Telefon und Autos ablehnen und mit Pferdekutschen fuhr!

Lena nickte, obwohl sie kein Wort verstand.

»Ja, klar, jetzt versteh ich das. Okay. Wow. Das erklärt natürlich alles, deine komischen Klamotten und die ganze Panik. Okay … damit kann ich umgehen«, erklärte Ines, als ihr Handy vibrierte. Sie warf einen Blick darauf und sprang begeistert auf: »Ich flipp aus! Schau mal, was ich grad reinbekommen hab! Wahnsinn!«

Sie hielt Lena ihr Telefon hin. Der Bildschirm zeigte das Dach der Opéra Garnier.

»Bist du auch eingeladen?«, fragte Ines.

»Zu was?«

»Na, zur angesagtesten Sache überhaupt«, antwortete

Ines mit glänzenden Augen. »Wie gut kannst du Hip-Hop? Streetdance? Nein?«

Auf Lenas Gesicht spiegelte sich völliges Unverständnis.

»Oh, verstehe. Du hast keine Einladung bekommen. Hey, mach dir nix draus! Ich bin in meinem ersten Jahr auch nicht gefragt worden, und ich schätz mal, du hast ja auch kein Handy. So von wegen amisch und so. Außerdem hat er deine Nummer natürlich nicht, schon klar. Aber Kopf hoch, du kommst einfach mit mir! Wir tanzen auf dem Dach, um in seine Underground-Crew aufgenommen zu werden.«

Lena hatte Ines konzentriert zugehört, aber dennoch nichts verstanden.

»Was für eine Nummer und von wem redest du eigentlich?«, fragte Lena.

»Max Alverez? Hallo?«

»Ah, Max …« Über Lenas Gesicht huschte ein Lächeln.

»Vergiss nicht, das ist streng geheim. Ich meine, wir wissen Bescheid, aber sonst darf niemand davon erfahren, klar?«, fuhr Ines fort. »Er macht das jedes Jahr, und wenn er dich nimmt, gehörst du dazu, dann hast du's geschafft. Aber du darfst es niemandem erzählen.«

10

Lena folgte Ines auf das gemeinsame Zimmer. Es war großzügig geschnitten und gemütlich eingerichtet. Doch Lena hatte keine Zeit, es genauer zu erkunden. Denn zum

Sonnenuntergang wurden sie auf dem Dach der Opéra Garnier erwartet. Also kramte sie in ihrer Reisetasche und zog eine spitzenbesetzte Bluse hervor. Dann streifte sie ihr rotes Trägerkleid über. Auch Ines zog sich um: Zu einer zerrissenen Strumpfhose wählte sie einen kurzen Kilt, das Fan-T-Shirt einer Punk-Band und rote Doc Martens.

Für einen Moment starrten die Mädchen einander entsetzt an.

Endlich fand Ines Worte. »Ach so, dein Gepäck ist noch nicht angekommen. Soll ich dir was leihen?«

»Oh nein, das geht schon in Ordnung. Das hier ist mein Lieblingskleid und perfekt für einen offiziellen Anlass«, erwiderte Lena höflich.

Dann machten sie sich auf den Weg zum Garnier. Wie Ines gesagt hatte, winkte der Pförtner am Bühneneingang die Mädchen fröhlich durch. Über die Mitarbeiter-Kantine gelangten sie ins Treppenhaus und aufs Dach. Lena staunte nicht schlecht, ihren kleinen, privaten Henri-Treffpunkt derart belebt zu sehen. Etwa 30 Mädchen und Jungen feierten eine Party zu Musik in ohrenbetäubender Lautstärke. Die wummernden Bässe fuhren Lena direkt in die Magengrube. Nur mit Mühe konnte sie im blitzenden Stroboskoplicht Einzelheiten erkennen. Da war Jeff, der sich offenbar so wohl wie ein Fisch im Wasser fühlte. Nicht weit entfernt tanzte hüpfend und Arme schwingend Dash, völlig in die Musik versunken. Neben ihm hätte ein Flugzeug landen können, er hätte es wohl nicht bemerkt.

»Sieh es als eine Art Aufnahmeprüfung an. Wenn wir es schaffen, werden wir nicht die totalen Außenseiter sein.

Versteh das nicht falsch, aber du hast das wirklich nötig«, schrie Ines Lena ins Ohr.

Im nächsten Moment hörte das Stroboskoplicht auf, die Menge teilte sich. Lena entdeckte Max, der in die Mitte der Tanzfläche trat und seine Arme in die Luft warf, eine schnelle Folge absurder Tanzschritte zeigte und seinen Körper mal rasend schnell, mal in Zeitlupe hin und her bewegte. Lena wusste nicht, ob sie fasziniert oder besorgt sein sollte. Sie konnte nicht ausschließen, dass Max unter schlimmen Krämpfen litt. Aber den Feiernden schien Max' Darbietung zu gefallen. Sie klatschten in die Hände und johlten.

Max trat einen Schritt zurück und Thea erschien in der Mitte. Sie trug einen knallgelben Hoodie und Turnschuhe. Lässig drehte sie sich einmal um sich selbst. Dann bewegte sie ihre langen Beine in einem atemberaubenden Tempo in alle Richtungen. Mal sah es aus, als würde sie auf der Stelle rennen, dann wieder vollführten ihre Füße scheinbar von selbst die überraschendsten Wendungen.

»Sie kann wahnsinnig gut shufflen«, erklärte Ines anerkennend, als Thea geradewegs auf Lena zutanzte und ihr zu verstehen gab, dass nun sie an der Reihe war.

Ines schob Lena Richtung Tanzfläche. »Tanz! Mach schon!«

»Oh lieber nicht, danke. Ich glaube, ich schau besser nur zu«, versuchte sich Lena aus der Situation zu winden.

»Los, los!«, forderte Ines.

Lena sah sich verzweifelt um. Sie hatte noch nie in ihrem Leben frei getanzt. Sie kannte doch nur ihre Ballettschritte! Ein bisschen Klaviermusik wäre ihr auch lieber gewesen! Aber schließlich trat sie doch vor. Zaghaft versuchte sie ein paar Bewegungen zu der schnellen Musik – stoppte dann aber verlegen. Thea lachte auf und sah sich triumphierend um. Aber Dash und Jeff begannen langsam in ihre Hände zu klatschen, um Lena Mut zu machen. Sie probierte es noch einmal. Sie hob ihre Hände und hüpfte im Rhythmus, so wie sie es vorhin bei Dash gesehen hatte. Fragend sah sie zu den Jungen, die ihr ermunternd zunickten. Lena fasste Mut, sprang von einem Bein auf das andere, begann, ihre Arme und Beine wie verrückt in die Luft zu werfen. Sie dachte an die wilden Volkstänze ihrer Heimat, die großen Feste der Bauern, wo gelacht, gegessen und bis in den Morgen gefeiert wurde. So fühlte sich das also an! Ohne jeden Zwang! Eine unbändige Lebensfreude überkam Lena. In ihrer Zeit war alles so steif und kontrolliert. Niemand durfte er selbst sein. Immer galt eine strenge Etikette. Hier spürte Lena, dass es auch anders ging … ein nie gekanntes Hochgefühlt packte sie. Sie wollte gar nicht mehr aufhören zu tanzen. Für wenige Sekunden vergaß sie alles um sich herum: ihre unglückliche Lage, die Zeitsammler, Henri … Lenas Begeisterung schien ansteckend zu sein. Die ersten Jungen und Mädchen sprangen auf die Tanzfläche, bald war Lena Teil einer wogenden Masse. Doch dann spürte sie, wie Ines sie energisch zur Seite zog.

»Wie mach ich mich? Bin ich am Gewinnen?«, rief Lena völlig außer Atem.

»Gewinnen? Nein, was du da machst, ist so ziemlich das genaue Gegenteil von Gewinnen!«, rief Ines.

Auf einem anderen Dach, nahe der Opéra Garnier, hockten drei dunkle Gestalten: die Zeitsammler!

»Verflixt«, sagte Frank und wischte sich seine weißblonde Locke aus der Stirn. »Sie ist die ganze Zeit von Leuten umgeben. Das macht es unmöglich, an sie heranzukommen.«

»Vielleicht könnte ich mich unter die Tänzer mischen«, warf Clive, der Jüngste von ihnen, ein. Er setzte zu einer Pirouette an, doch als ihn Franks eisiger Blick traf, hielt er kleinlaut inne.

»Sei nicht albern!«, herrschte ihn Frank an. »Nein, zum Glück habe ich mir schon ein paar Gedanken gemacht. Seht, was ich im Büro des alten Trottels gefunden habe.«

Triumphierend präsentierte er ihnen ein Foto. Es zeigte Lena mit Henri.

»Das wird nicht funktionieren«, mischte sich nun der dritte Zeitsammler ein. »Von uns sieht ihm doch keiner ähnlich: Du bist blond, Clive ist zu klein, na, und ich …«

»Sei still, Pinky, du Idiot!«, zischte Frank. »Ich meine doch nicht, dass wir uns für ihn ausgeben sollen. Die zwei sind eindeutig ein Paar. Na, klingelt's jetzt?«

Aber die beiden blickten ihn nur verständnislos an.

»Muss ich euch denn alles wieder haarklein erklären?«, seufzte Frank. »Wir brauchen nur ihn in die Finger zu bekommen, dann wird der Rest ein Kinderspiel! Sie wird natürlich alles tun, um ihn wiederzubekommen, und zack, schon schnappt unsere Falle zu!«

»Du bist so klug«, sagte Clive verblüfft und auch Pinky nickte anerkennend.

»So ist es«, sagte Frank zufrieden. »Deshalb bin ich ja

auch der Boss hier! Auf jetzt, steht da nicht wie die Ölgötzen! Wir haben nämlich ein Vögelchen zu fangen.«

11

Als Lena am nächsten Tag erwachte, erinnerte sie sich zunächst nur vage an den vorherigen Abend. Sie war sich sicher, dass alles nur ein Traum gewesen war. Aber wann war sie eingeschlafen? Bevor Henri ihr die Kette geschenkt hatte? Vorsichtig öffnete sie die Augen: Sie sah bunte Wände, einen Radiowecker, im Bett neben ihr schnarchte leise ein Mädchen mit braunen Wuschelhaaren. Rasch schloss Lena wieder die Augen. Das war definitiv nicht 1905!

Keine Sekunde später begann ihre Mitbewohnerin, sich zu rekeln und zu strecken.

»Steh auf, gleich gibt es Frühstück«, erklärte sie gähnend.

Auf dem Weg in den Frühstücksraum begegneten ihnen Schüler und Schülerinnen, die sie breit angrinsten, andere kicherten. Lena bemerkte sogar den ein oder anderen Finger, der verstohlen auf sie gerichtet wurde. Nur warum?

Ines rollte mit den Augen und bugsierte Lena an einen Tisch. Dort saßen bereits Jeff und Dash. Die Jungs hielten den Mädchen eine kleine, blau schimmernde Karte entgegen. Darauf stand in roten Buchstaben: BLOK. Es war wohl eine Art Mitgliedsausweis.

»Wir sind drin!«, rief Jeff.

»Glückwunsch«, freute sich Ines.

»Schau mal in deine Tasche«, schlug Dash vor.

Schnell schob Ines ihre Hand in ihre Jackentasche und zog ebenfalls die Mitgliedskarte hervor. Wie war sie da hineingekommen? Überrascht sah sie sich um. Dann hob sie triumphierend die Faust. »Yeah!«

»Thea ist auch dabei«, erklärte Jeff. Lena saß die ganze Zeit schweigend daneben. Hatte sie auch eine Karte bekommen? Rasch sah sie nach. Doch in ihrer Tasche war nichts!

Dash sah sie mitleidig an. »Sorry, aber dieses Hip-Hop-Ding ist nichts für dich.«

»Meine Augen haben geblutet!«, lachte Jeff.

»Wirklich?« Lena hielt entsetzt die Hand vor den Mund.

»Nein, Jeff meint, du warst nicht gut«, klärte sie Dash auf.

Lena spürte eine unerwartet große Enttäuschung.

»Kann ich nicht noch mal vortanzen?«, fragte sie schüchtern.

»Eigentlich nicht. Aber wenn du willst, übe ich mit dir«, erklärte Jeff grinsend. »Doch nur, damit ich dich nie mehr so …« Er machte mit den Fingern Anführungszeichen in der Luft. »… ›tanzen‹ sehen muss!«

»Ich mach mit«, schloss sich Ines an.

Dash reichte Lena einen Löffel, als er sah, dass sie den Joghurt mit der Gabel essen wollte. »Versuch es, einfach zu halten«, erklärte er grinsend.

Gleich nach dem Frühstück begannen sie mit dem Training. Die Grundschritte begriff Lena im Rekordtempo.

Schließlich war sie weit kompliziertere Bewegungsfolgen gewohnt. Das eigentliche Problem aber war die Lässigkeit – ein Konzept, das Lena nicht ansatzweise begriff. Sie kannte nur den Tanz mit absoluter Körperspannung. Auch nur den kleinen Finger locker zu lassen, fiel ihr unendlich schwer.

Jeff schlug ein ums andere Mal verzweifelt die Hände vor das Gesicht oder tat so, als würde er seine Mütze essen. Schließlich schlug Ines vor, mit Lena einfach nur das entspannte Stehen zu üben, um dann mit lockeren Knien zum Takt zu wippen. Nach und nach verstand Lena, worum es ging. Während sie im Ballett immer in die Höhe strebte, war es hier komplett anders.

Nach zwei Stunden intensiven Übens war es so weit! Lena war halbwegs locker. Jeff suchte für sie ein klassisches Klavierstück heraus, das an einigen Stellen mit Hip-Hop-Beats unterlegt war. Lena zog Ines' Trainingshose, schwere Turnschuhe und einen Hoodie an, von Jeff lieh sie sich ein Basecap. Gemeinsam gingen sie zum Studio, vor dem bereits Max, Thea und alle anderen Schüler auf Madame Carré warteten, die heute mitteilen wollte, wer an ihrem Workshop teilnehmen durfte. Als Lena in ihrem neuen Outfit an ihnen vorbeischritt, folgten sie ihr neugierig.

Selbstbewusst stellte sich Lena mit verschränkten Armen in die Mitte des Raumes. Jeff startete die Musik, und Lena zögerte nicht, zu zeigen, was sie gelernt hatte. Gleich zu Beginn ließ sie imaginäre Wellen durch ihren Körper fließen und imitierte gekonnt einen Roboter, als hätte sie in ihrem Leben nie etwas anderes getan. Die ersten Zuschauer jubelten begeistert – der Unterschied zu Lenas gestriger Darbietung war einfach erstaunlich. Der Takt wechselte, und Lena glitt in eine makellose Pirouette, die der Schwerkraft zu trotzen schien. Ihre mühelose Eleganz überzeugte restlos. So auch Madame Carré, die unbemerkt in der Tür erschienen war. Ihre Augen, fest auf Lena gerichtet, begannen zu glänzen.

Lena glitt mühelos in einen Spagat und ließ auf dem Boden eine kleine Breakdance-Einlage folgen. Sie beendete ihre Darbietung mit einer weiten Rückwärtsbeugung, sodass ihr Jeffs Kappe vom Kopf rutschte. Alle applaudierten. Anerkennende Pfiffe ertönten. Jeff sprang auf und hielt Lena seine Hand für ein High Five entgegen. Als Lena ihn fragend ansah, nahm er ihre Hand und patschte sie gegen die seine.

»Nicht schlecht«, sagte Max. Er griff in seine Jackentasche, zog eine Mitgliedskarte heraus und schnippte sie nach oben. Lena fischte die Karte mit einer Hand aus der Luft.

Madame Carré trat einen Schritt in den Raum und räusperte sich. Sofort trat Ruhe ein, alle machten eine Verbeugung, Lena knickste.

»Ich teile euch nun mit, wer an meinem Workshop teilnehmen darf«, erklärte Madame Carré und nannte ein paar Namen, unter ihnen Max, Dash, Thea und Ines. Schließlich wandte sie sich an Lena. »Und zuletzt …«, begann sie.

Es war offensichtlich, dass sie ihre Meinung über Lena grundlegend geändert hatte. Aber noch bevor sie ihren Namen aussprechen konnte, flog die Tür auf und ein dunkelhaariges Mädchen hastete ins Studio. »Es tut mir so leid, dass ich zu spät dran bin! Ich heiße Elena Grande!«

12

Im Studio war es augenblicklich still. Man hätte eine Stecknadel fallen hören können. Lena spürte, wie ihr das Blut in den Kopf rauschte.

»Also wenn sie Elena Grande ist, wer bist du?«, ergriff Thea schließlich das Wort.

»Das ist in der Tat eine gute Frage. Mademoiselle …?«, schloss sich Madame Carré in scharfem Ton an.

»Ich … ich …«, stammelte Lena.

Da ging erneut die Tür auf. »Einen guten Morgen. Bitte verzeihen Sie die Störung. Hier habe ich die Unterlagen für Lena Grisky«, hörte Lena eine Stimme, die ihr bekannt vorkam. Es war Henris Vater!

»Die Verzögerung tut mir schrecklich leid, wir hatten eine Computerpanne …«, wandte sich Victor an Madame Carré und überreichte ihr einen Stapel Unterlagen. Auch Lena drückte er einen Umschlag in die Hand. »Sehr erfreut, Sie kennenzulernen, Lena. Wie gesagt, ich kann mich wirklich nur entschuldigen, Sie in eine so unangenehme Lage gebracht zu haben. Bitte lassen Sie es mich wissen, wenn Sie noch etwas benötigen sollten. Ganz egal was.«

Lena tastete nach der Wand, um sich festzuhalten.

Sie war so verwirrt, dass sie sich nicht einmal bedanken konnte. Auch der Rest der Klasse wusste nicht, was er von der Situation halten sollte.

»Bitte beantworten Sie mir draußen noch ein paar Fragen«, sagte Madame Carré. Lena und Henris Vater folgten ihr in den Flur.

»Warum hast du dich für Elena Grande ausgegeben?«, fragte Madame Carré streng.

»Es tut mir leid«, antwortete Lena. »Das war ein dummes Missverständnis.«

»Aber warum hast du es nicht aufgeklärt?«, hakte Madame Carré nach.

»Lena ist sehr schüchtern, sie würde niemals einer Respektsperson widersprechen«, erklärte Victor schnell.

»Was ist mit deinen Eltern?«, fragte Madame Carré.

»Sie sind vor einigen Jahren gestorben«, log Victor. »Bei einem Unfall«, schob er hinterher. »Aber für Lena ist finanziell gesorgt. Ich bezahle ihre Ausbildung.«

Es war Madame Carré anzusehen, dass sie mit diesen Erklärungen nicht recht zufrieden war. Mit einem schmallippigen Lächeln verabschiedete sie sich und ging in ihr Büro. Auch Victor wollte aufbrechen, aber Lena hielt ihn zurück.

»Bitte warten Sie! Wann kann ich wieder nach Hause? Und warum brechen wir nicht jetzt sofort auf?«, fragte sie.

Aber Victor schüttelte abwehrend den Kopf. Rasch sah er sich um: »Keine Zeit für Erklärungen«, flüsterte er. »Und kein Wort zu wem auch immer. Du wartest hier auf weitere Anweisungen. Es ist wichtig, dass du versuchst, dich anzupassen.« Dann fügte er etwas lauter hinzu: »Das wäre dann also alles, Mademoiselle Grisky. Ich wünsche Ihnen viel Erfolg bei Ihrer Ausbildung.«

Als Lena ins Studio zurückkehrte, hatte sich die Aufregung noch immer nicht gelegt. Thea stand, flankiert von Bree und Kennedy, in der Mitte des Raumes und hielt ihr Smartphone hoch. Sie hatte im Internet nach Lena Grisky gesucht. Auf dem Bildschirm war ein Foto von ihr zu sehen.

»Wie kann das sein«, sagte sie für alle hörbar. »Das Foto von Lena Grisky ist von 1905!«

Auch Ines sah Lena verwirrt an. »Es ist vermutlich ihre Ur-Ur-Großmutter«, sagte sie, während sie rasch auf ihrem eigenen Handy den Artikel über Prinzessin Helena Grisky überflog. Die Prinzessin war 1905 spurlos verschwunden, hieß es. Aber was hatte das zu bedeuten? Statt Verwirrung brachen sich andere Gefühle in Ines Bahn: Wut und Enttäuschung. Warum hatte Lena sie belogen? Warum hatte sie ihr nicht gesagt, dass sie aus Russland kam und nicht Elena Grande war?

Am selben Ort, nur über hundert Jahre früher, hatte Henri die Zeit dazu genutzt, im Büro seines Vaters nach Hinweisen zu suchen. Es musste doch etwas geben, was Lena helfen konnte! Victors Notizbuch war voller Zeichnungen und Skizzen: der Vatikan in Rom, der Tower von London, die Alexandre-Trois-Brücke in Paris. Auch die Opéra Garnier erkannte er. Henri vermutete, dass es sich dabei um Portale handelte. Ohne einen Zeitmesser ließen sie sich allerdings nicht öffnen. Als er weiterblätterte, entdeckte er die Abbildung eines Anhängers, der genauso aussah wie der, den er Lena geschenkt hatte.

»Dieser Schlüssel ist etwas Besonderes«, las Henri laut. »Viele begehren ihn, doch sein rechtmäßiger Besitzer ist auserwählt. Man muss große Vorsicht walten lassen, wenn man mit ihm unterwegs ist.«

Die nächste Seite enthielt eine detaillierte Darstellung des Mechanismus mit handgeschriebenen Anmerkungen:

»Weil er so besonders ist, kann man die Zeitsammler damit überlisten und sich vor ihnen verstecken. Im Inneren befindet sich ein Zifferblatt. Befolge die Anweisungen genau und er hilft dir aus schwierigen Situationen.«

Das war genau das, wonach er gesucht hatte! Eifrig machte Henri sich Notizen und fertigte eine sorgfältige Kopie der abgebildeten Einstellungen an. Wenn er diese Kopie doch nur irgendwie Lena zeigen könnte! Dann wären zumindest die Zeitsammler für sie keine Gefahr mehr! Doch wie sollte er das anstellen?

Gerade als Henri mit dem Abzeichnen fertig war, hörte er auf dem Gang Schritte näher kommen. Das konnte nur sein Vater sein! Schnell faltete er das Papier zusammen und ließ es in seiner Brusttasche verschwinden.

Da flog auch schon die Tür auf. Aber statt Victor stürmten drei merkwürdig gekleidete Gestalten in den Raum. Bevor Henri überhaupt Gelegenheit hatte, den Mund aufzumachen, hatte ihn einer von ihnen schon unsanft am Kragen gepackt.

»Habt ihr nicht gesagt, wir suchen einen Vogel?«, fragte Clive.

»Sei still, wir haben unser kleines Turteltäubchen schon

gefunden.« Frank wischte sich das blonde Haar aus dem Gesicht.

»Das hier bist doch du, nicht wahr?«

Henri schluckte, als er das Foto von sich und Lena sah, das Frank ihm triumphierend unter die Nase hielt. Jetzt dämmerte es ihm: »Seid ihr etwa die Zeitsammler?«

»Stets zu Diensten«, erwiderte Clive erfreut und verbeugte sich höflich.

»Genug jetzt«, wies ihn Frank zurecht, während er eine Postkarte mit einem Foto des Eiffelturms und einen Stift aus seiner Tasche holte. »Da wir schon die Höflichkeiten ausgetauscht haben, kommen wir gleich zum Geschäftlichen. Los jetzt, Leute, wir haben noch einiges vor!«

»Das war ja einfacher, als ich gedacht hätte«, grinste Pinky, während er Henri vor sich her schubste. »Wir vier werden jetzt nämlich eine kleine Reise ins Jahr 2018 machen. Wie gefällt dir das?«

13

Lena konnte die fragenden Blicke ihrer Mitschüler nicht länger ertragen. Eilig lief sie aus dem Studio auf ihr Zimmer. Dort fand sie einen Reisepass, einen Laptop, ein Smartphone und eine Kreditkarte auf ihrem Bett liegen. In ihrem Schrank hingen moderne Hosen und Kleider. Victor musste sie mitgebracht haben! Neugierig nahm Lena das schwarz glänzende Telefon in die Hand. Versehentlich drückte sie auf einen Knopf.

»Hallo, wie kann ich behilflich sein?«, ertönte plötzlich eine Stimme.

Lena warf vor Schreck das Gerät von sich aufs Bett.

»H-hallo?«, fragte sie.

»Hallo, wie kann ich behilflich sein?«, wiederholte die Computerstimme.

Lena hatte keine Ahnung, wer da sprach. Hektisch sah sie sich um. »Bist du hergeschickt worden, um mir zu helfen? Ich stecke nämlich ganz schön in der Klemme«, fragte sie schließlich.

In diesem Moment betrat Ines den Raum. »Okay. Raus mit der Sprache, wer bist du wirklich?«, fragte sie barsch.

»Es tut mir leid, ich weiß nicht, was IN DER KLEMME bedeutet«, sagte das Handy.

»Keine Sorge, das kann ich dir gleich erklären!«, rief Ines wütend, nahm das Gerät und schaltete es aus. Dann wedelte sie mit einer Postkarte mit Eiffelturmmotiv, die sie eben vor der Tür gefunden hatte. »Ich gebe dir diese Nachricht von deinem Freund, wenn …«, begann sie.

Aber da stürzte sich Lena schon auf Ines und wand ihr die Karte aus der Hand. Mit wild klopfendem Herzen las sie: »Ich bin gekommen, um dich abzuholen. Treff mich draußen. In Liebe, Henri.«

Lena konnte es kaum glauben. Sie war gerettet! Henri war hier! Ohne ein Wort der Erklärung stürzte sie los. Ines rannte ihr verwundert hinterher. Doch für Lena gab es kein Halten mehr. Auf der Treppe nahm sie drei Stufen auf einmal. Erst auf dem Platz vor dem Schulgebäude hielt sie inne und sah sich um. Zunächst schienen die

Straßen menschenleer. Aber da! Etwa 40 Meter entfernt saß Henri auf einer Bank! Aber warum lief er ihr nicht entgegen?

»Lena!«, hörte sie ihn rufen. »Pass auf!«

»Henri!« Lena rannte los. Aber da spürte sie, wie Ines ihren Arm umklammerte und sie zurückhielt.

»Lass mich! Das ist Henri!« Lena versuchte sich zu befreien.

»Sieh dich doch mal um! Sind diese Typen da etwa auch Henri?«, rief Ines.

Im selben Moment sah Lena die sonderbaren Gestalten. Sie lauerten hinter einer Hausecke versteckt und waren bereit, Lena zu fangen. Die Zeitsammler!

Lena erstarrte. Sie konnte nur noch eines denken: Henri war in Gefahr! Sie musste etwas tun! Ihm helfen! Im nächsten Moment sprinteten die Zeitsammler überraschend los, quer über den Platz, weg von Henri, Lena entgegen. Energisch zerrte Ines an Lenas Arm. Nur mit Mühe gelang es ihr, sie in das Gebäude zu ziehen. Die Zeitsammler waren bereits gefährlich nah. Im letzten Moment verriegelte Ines die Tür. Dann rannten sie die Treppe hinauf in ihr Zimmer, um sich dort zu verbarrikadieren. Lena zitterte am ganzen Körper.

Auch Ines rang nach Atem. »Jetzt wäre wirklich ein guter Zeitpunkt, um die Wahrheit auf den Tisch zu legen«, forderte sie.

14

»Das ist aber nicht nach Plan gelaufen, oder, Frank?«, sagte Clive und schob sich ein großes Stück süßen Gebäcks in den Mund.

»Nein, Clive, ist es nicht«, brummte der Angesprochene unwirsch. »Wer konnte auch damit rechnen, dass unser Lockvogel alles verdirbt und das Opfer warnt?«

Er zeigte auf Henri, der nun bei ihnen in einer Wohnung unweit der Opéra Garnier an die Heizung gefesselt in der Ecke saß.

»Vielleicht hätten wir ihn knebeln sollen«, gab Pinky zu bedenken.

»Und das hätte nicht komisch ausgesehen, hm?«, fragte Frank. »Da hätte sie doch erst recht Lunte gerochen!«

»Was ist denn überhaupt so wichtig an dieser Sache?«, fragte Clive zwischen zwei Bissen.

»Das hab ich euch doch bestimmt schon tausend Mal erklärt! Jeder Zeitmesser hat eine ganz eigene Signatur, und als ich sie im Zeitstrudel gesehen habe, konnte ich gleich fühlen, dass ihr Zeitmesser ein besonderer sein muss. Diese Schwingungen waren einfach unglaublich, gar kein Vergleich! Wir müssen ihn unbedingt in die Finger bekommen, denn er verleiht Macht!«

Henri verfolgte die Unterhaltung der Zeitsammler mit gespitzten Ohren. Endlich war ihm klar, was sie im Schilde führten und warum. Unauffällig sah er sich um. Da erregte eine goldene Kette seine Aufmerksamkeit, die aus

Franks Manteltasche herauslugte. War das etwa ein Zeitmesser? Das war genau das, was er jetzt gut gebrauchen konnte! Henri überlegte: Zum Kleiderständer waren es kaum mehr als zwei oder drei Schritte und dann noch mal so viele zur Tür. Ihm war nicht entgangen, dass Clive, nachdem er vom Bäcker gekommen war, vergessen hatte, sie wieder zuzuschließen. Überhaupt schien er nicht der Hellste zu sein. Auch von richtigen Knoten verstand Clive nicht viel, stellte Henri fest, als er seine Fesseln genauer betrachtete und heimlich lockerte. Sollte er es also wagen? Die Zeitsammler waren noch immer in ihr Gespräch vertieft.

»Aber wozu brauchen wir überhaupt das Mädchen?«, fragte Pinky.

»Wenn das der Zeitmesser ist, von dem ich denke, dass er es ist, muss sie ihn uns freiwillig überlassen«, erklärte Frank und strich sich energisch die blonde Locke aus der Stirn. »Wir können ihn nicht einfach stehlen, dann funktioniert er nicht. Er kann immer nur in der Familie weitergegeben oder aber verschenkt werden!«

»Da sind wir aber schön aufgeschmissen«, sagte Clive mit vollem Mund.

»Sie wird den Zeitmesser doch nie und nimmer freiwillig rausrücken«, pflichtete ihm Pinky bei.

»Euch fehlt einfach etwas Fantasie. Natürlich wird sie. Wir schlagen ihr nämlich ein kleines Geschäft vor, das sie unmöglich ablehnen kann.«

»Haben wir denn überhaupt etwas, das wir ihr dafür anbieten können?«, wunderte sich Pinky.

»Vielleicht mag sie Macarons? Also ich würde für diese

köstlichen kleinen Dinger alles geben!« Clive sah mit Bedauern auf den leeren Teller vor sich.

»Manchmal frage ich mich wirklich, womit ich euch verdient habe«, stöhnte Frank. »Natürlich haben wir etwas in der Hand, und zwar etwas so Wertvolles, dass sie uns den Zeitmesser freiwillig und ohne zu zögern geben wird!« Er zeigte mit einem breiten Grinsen hinter sich.

»Was, das olle Ding?«, fragte Clive und sah auf den leeren Stuhl, neben dem ein Seil traurig von der Heizung baumelte. »Also da finde ich meine Idee mit den Macarons viel besser.«

Frank stand wie erstarrt. Wie hatte es Henri nur geschafft, zu entkommen? Einer plötzlichen Eingebung folgend, durchsuchte er seine Taschen.

»Hinterher, los doch, verfolgt ihn! Er hat meinen Zeitmesser gestohlen! Ich bin mir sicher, er ist auf dem Weg zum Portal!«

15

Lena saß auf dem Bett und knetete ihre Finger. Sie wusste, dass sie sich nicht mehr herausreden konnte.

»Gut«, sagte sie und seufzte tief. »Ich bin eine russische Prinzessin aus dem Jahr 1905. Ich bin die echte Helena Grisky. Also die Helena Grisky, die damals verschwunden ist … Ich bin eine Zeitreisende.«

Einen Moment herrschte vollkommene Stille im Zimmer. Dann sagte Ines nur ein einziges Wort: »Wow.«

»Ich weiß, das muss sich verrückt anhören. Aber in der einen Minute war ich noch im Jahr 1905 und in der nächsten dann hier im Jahr 2018 auf der Bühne …«, versuchte Lena zu erklären. »Henri hat mir diesen Anhänger mit der kleinen Uhr gegeben. Er wusste natürlich nicht, dass es eine Zeitmaschine ist. Wie es aussieht, kann er mir Briefe aus der Vergangenheit schicken, indem er sie in einem unbenutzten Kamin hinter einem losen Ziegelstein auf dem Dach des Garnier versteckt. Und er versucht alles, um mich wieder ins Jahr 1905 zurückzuholen!«

Ines sah Lena kopfschüttelnd an. »Das ist ja unglaublich!«

»Ich weiß! Aber bitte, du musst mir das glauben. Ich bin nicht verrückt«, flehte Lena.

»Und die drei Musketiere?«

»Die nennen sich ›Zeitsammler‹. Sie sind hinter mir her, aber warum genau, weiß ich nicht.«

Lena rechnete fest damit, gleich von Ines ausgelacht zu werden. Doch stattdessen schlug sie sich begeistert auf die Oberschenkel: »Das ist ja so cool, echt abgefahren!«

»Du glaubst mir? Dass ich eine Zeitreisende bin?«, fragte Lena erstaunt.

»Quantenphysik ist total mein Ding«, erklärte Ines. Augenzwinkernd fügte sie hinzu: »Und sieh dich doch an: Dass du eine Zeitreisende bist, ist eine echt gute Erklärung!«

Erleichtert fiel Lena Ines um den Hals. »Ich hab zwar keine Ahnung, was Quanten sind, aber ich bin ja so froh!«

»Wie geht es jetzt weiter? Was ist mit Henri?«, wollte Ines wissen.

»Ich glaube fest, er wird sich irgendwie befreien können«, sagte Lena. »Es kann gar nicht anders sein! Wenn ihm das gelingt, wartet er irgendwo in der Garnier Oper, und wir reisen gemeinsam zurück.«

»Aber sicher ist das nicht«, gab Ines zu bedenken. »Was willst du jetzt tun?«

»Ich mache mich bereit«, erklärte Lena ohne nachzudenken. »Morgen, ganz früh, gehe ich ins Garnier und warte auf ihn!«

Ines sah Lena sorgenvoll an. Würde dieser Plan wirklich gelingen?

Die beiden Mädchen legten sich schließlich schlafen. Doch Lena verbrachte eine unruhige Nacht. Weit vor dem Frühstück stand sie bereits wieder auf. Ines saß auf dem Bett und sah ihr zu, wie sie ihre Reisetasche packte.

»Okay. Danke, du bist so nett«, verabschiedete sich Lena schließlich.

»Und ich wünsche dir von Herzen viel Glück«, sagte Ines. Dann umarmte sie Lena, bevor diese mit einem zuversichtlichen Lächeln davoneilte.

Keine 20 Minuten später betrat Lena das Dach des Garnier. Gerade krochen die ersten Sonnenstrahlen über den Horizont und erhellten schwach die Szenerie. Lena war sich sicher, dass Henri hier zu ihrem Treffpunkt kommen würde. Hoffnungsvoll sah sie sich um. Doch von Henri war weit und breit nichts zu sehen. Also lief sie zum Kamin und nahm den Ziegelstein heraus. In der Lücke lag ein Brief! Rasch faltete sie ihn auf.

»Liebste Lena, ich habe es geschafft, den Zeitsammlern zu entkommen! Ich warte unten am Portal auf Dich! Aber pass auf, vielleicht bewachen die Zeitsammler die Tür! Falls sie auftauchen, musst Du die Zeiger der Uhr auf diese Position stellen und den Knopf drücken. Wenn alles klappt, sollte das die Zeitsammler vertreiben, und wir können durch das Portal gemeinsam zurückreisen«, las sie.

Neben dem Text hatte Henri die Einstellung der Uhr und Bilder aus Victors Notizbuch gezeichnet.

Lena drückte den Brief fest an sich. Sie hatte es ja gewusst. Henri war den Zeitsammlern entkommen! Und er hatte offenbar einen guten Plan! Mit nervösen Fingern stellte Lena die Uhr, dann lief sie zum Treppenhaus. Sie konnte es kaum erwarten, Henri wiederzusehen! Als Lena den Bereich hinter der Bühne erreichte, sah sie, wie eine Gestalt aus dem Halbdunkel trat. Es war Henri! Lena lief ihm beglückt entgegen. Doch bevor sie ihn erreichen konnte, tauchten auch – wie befürchtet – die Zeitsammler auf und stellten sich drohend zwischen sie. Lena nahm den Zeitmesser in die Hand, zu allem bereit. Aber zur allgemeinen Überraschung erschien eine weitere Person auf der Bildfläche: Victor Duquet!

»Lena! Drück den Knopf!«, rief Henri.

Sein Vater hob warnend die Arme. »Nein, Lena! Nicht!«

Aber Lena hörte nicht auf ihn. Sie aktivierte den Mechanismus der Uhr, die Zeiger setzten sich in Bewegung. Was dann geschah, war unglaublich: Die Zeitsammler und Victor lösten sich augenblicklich in Luft auf. Eine Sekunde später verschwand auch Henri! Erschrocken sah Lena auf das Zifferblatt: Die Zeiger zeigten in entgegengesetzte Richtungen. Lena spürte, dass etwas fürchterlich schiefgelaufen sein musste. Leise begann sie zu weinen.

»Henri?«, flüsterte sie und Tränen erstickten ihre Stimme. »Henri, bitte … Du musst mich finden! Finde mich in Paris …«

16

Henri kam im Foyer des Garnier zu Bewusstsein. Er fühlte sich, als hätte ihm jemand einen Schlag auf den Kopf verpasst. Am liebsten hätte er sich zusammengerollt und wäre so liegen geblieben. Als ihm jedoch klar wurde, wo er sich befand, sprang er erleichtert auf: Sein Plan hatte funktioniert! Lena hatte die Zeitsammler abgeschüttelt! Das war großartig! Einfach fantastisch! Jetzt musste er sie nur noch finden und irgendwie mit ihr zusammen in das Jahr 1905 zurückkehren. Henri rannte zum Treppenhaus und dann den Gang entlang, als plötzlich eine Wand vor ihm auftauchte. Er schaffte es gerade noch anzuhalten.

»Hier war doch sonst der Durchgang zu den Garderoben«, wunderte er sich. »Hoffentlich ist das die einzige Überraschung heute!«

Doch im selben Moment fiel sein Blick auf ein Plakat. »Die Ballettschule der Pariser Oper präsentiert: ›Giselle‹ in einer Choreografie von Mme C.«, stand dort in leuchtenden Buchstaben. »Am Mittwoch, 5. April 2017, um 20 Uhr«, las er laut. Henri wurde schwarz vor Augen. Er war im Jahr 2017 gelandet und Lena wartete im Jahr 2018 auf ihn! Sie war noch gar nicht hier im Garnier und würde erst in einem Jahr ankommen! Mit einem unglücklichen Seufzer sackte Henri in sich zusammen und ließ sich mit dem Rücken an der Wand zu Boden gleiten. Was sollte er tun? Er musste zu Lena! Um jeden Preis!

Doch Lena saß ein Jahr in der Zukunft, zerzaust und mit glasigem Blick, auf dem Bett in ihrem Zimmer. Ines half ihr, die Schuhe auszuziehen, und brachte ihr eine Tasse Tee. Erst dann erzählte Lena, was geschehen war.

»Dafür gibt es bestimmt eine gute Erklärung«, versuchte Ines sie zu trösten. »Henri wird es erneut versuchen!«

Lena nickte. Aber in ihren Augen sammelten sich die Tränen.

Ines reichte ihr ein Taschentuch. »Alles wird gut!«, versicherte sie. »Glaub mir.«

»Was soll ich denn jetzt bloß machen?«, fragte Lena verzweifelt.

»Ganz einfach: Du musst hier an der Schule bleiben und tanzen«, erklärte Ines. »Henri wird sicherlich bald wiederkommen! Versuche bis dahin, dich anzupassen und vor allem nicht aufzufallen!«

Lena schöpfte neuen Mut. »Ja, das werde ich. Vielleicht lerne ich sogar diesen Hop-Hop-Tanz?«

Ines lächelte. »Du meinst Hip-Hop …«

»Egal, ich werde das schon chicken!«, erklärte Lena.

»Checken …«, korrigierte Ines sanft.

Es war offensichtlich, dass Lena noch sehr viel Nachhilfe in Sachen Gegenwart brauchte. Also versuchte Ines, ihr in der nächsten Stunde so vieles wie möglich zu erklären: die Sache mit der Kreditkarte und was sie damit machen konnte, das Internet, das fast alles wusste – und vor allem ihr Smartphone.

Lena war von diesen Zauberdingen erst eingeschüchtert, dann zunehmend begeistert. Sie versuchte, sich alles einzuprägen, und ihrer Verzweiflung wich Zuversicht. Sie musste das Beste aus allem machen. Und wie sie Henri kannte, würde er nicht lockerlassen, bis sie im Jahr 1905 wieder glücklich vereint sein würden! Alles würde gut werden, davon war sie überzeugt.

»Wir müssen aufbrechen«, mahnte Ines schließlich.

Denn ein langer Vormittag Schulunterricht erwartete sie. Als sie den Klassenraum betraten, saßen alle anderen bereits auf ihren Plätzen. Thea wandte sich an Kennedy und Bree, so laut, dass jeder es hören konnte: »Ach, da ist ja Prinzessin Grisky. Könnt ihr euch vorstellen – ihr seid jemand – und im nächsten Moment – puff! – seid ihr jemand ganz anderes?«

Die Mädchen kicherten. Jeff und Dash sahen Lena erwartungsvoll an, Max grinste. Aber Ines gab Lena ein Zeichen, nicht zu antworten. Doch Lena stolperte vor Aufregung und fiel beinahe auf Max, der sie nur im letzten Moment mit den Armen abfangen konnte.

»Hey, hey! Nicht dass das zur Gewohnheit wird!«, sagte er freundlich.

Lena spürte, wie ihre Wangen vor Scham rot glühten. Verlegen rappelte sie sich auf und fand ihren Platz. Dort lag bereits ein hoher Stapel Bücher, der in diesem Schuljahr durchgearbeitet werden musste. Auch ein dicker Geschichtswälzer war darunter. Heimlich linste Lena in das

Kapitel »20. Jahrhundert« und entdeckte ein Foto mit Gestalten in merkwürdigen Anzügen, die laut Bildunterschrift auf dem Mond eine Flagge hissten. Ehrfürchtig schlug Lena das Buch wieder zu. Henri würde es nicht glauben, wenn sie ihm das erzählen würde! Am besten, sie würde gleich heute mit einem Tagebuch beginnen – oder besser noch: alles, was sie erlebte, mit ihrem neuen Zaubertelefon filmen.

Bree und Kennedy schienen eine ähnliche Idee zu haben. Sie richteten ihre Smartphones auf Thea, die sich sofort in Pose warf. Dann zeigten die Mädchen Thea ihre Aufnahmen.

»Poste das«, hörte Lena Thea sagen. »Meine Follower werden es lieben!«

»Sie hat Tausende«, erklärte Ines flüsternd.

Lena sah sie verständnislos an.

»Leute, die ihr folgen!«, schob Ines deshalb nach. Aber dieser Hinweis ließ Lena noch ratloser zurück. Unauffällig spähte sie nach den Menschenmassen, die sich irgendwo hinter Thea verborgen halten mussten.

Als Madame Pelletier, die Lehrerin, erschien, wollte Lena zur Begrüßung sofort aufspringen, aber Ines hielt sie am Arm zurück. Madame Pelletier schien auf eine Begrüßungszeremonie keinen gesteigerten Wert zu legen. Sie schlug nur zweimal die Hände zusammen und rief: »Guten Morgen, alle zusammen!«

Dann schrieb sie einen Namen an die Tafel: »Anna Karenina.« Zur Klasse gewandt scherzte sie: »Die meisten wissen sicherlich, dass Anna Karenina keine Balletttänzerin war ... sondern eine Romanfigur von Tolstoi.«

Prinzessin Alexandra steigt aus ihrer Kutsche, um die Pariser Oper zu besuchen.

Lena (Jessica Lord) bei ihrem Soloauftritt.

Lena und die anderen Mädchen nehmen den Applaus entgegen.

Madame Carré (Katherine Erhardy) unterrichtet die Klasse. Von links nach rechts Dash (Hiran Abeysekera), Ines, Lena, Thea, Max und Jeff.

Thea (Hannah Dodd) und Max (Rory J. Saper) beobachten ihre Klassenkameraden.

Die Hauptdarsteller von »Find me in Paris – Tanz durch die Zeit«: Max, Thea, Dash, Lena, Ines, Jeff.

Lena findet in einem Kamin auf dem Dach der Pariser Oper einen Brief von Henri.

Henri und Lena schreiben sich Briefe.

Lena hat in Ines (Eubha Akilade) eine gute Freundin gefunden.

Thea und ihr »Hofstaat«.

Thea stürmt wütend davon und schmiedet einen Racheplan.

Thea tanzt mit Max die Hauptrolle.

Max und Thea nehmen den Applaus entgegen.

Lena und Max bei der Probe für einen Hip-Hop-Event.

Ines, Jeff (Castle Rock) und Max bei einer Probe der Tanzgruppe BLOK.

Auftritt des BLOK mit Masken.

»Ich weiß!«, rief Lena. »Onkel Leo kenne ich gut. Er ist ein Freund unserer Familie!«

Alle sahen Lena überrascht an. Auch Madame Pelletier. »So?«, fragte sie.

Lenas Blick fiel auf Ines, die Einzige, die nicht überrascht, sondern erschrocken aussah. »Nein-du-kennst-ihn-nicht«, presste sie kaum hörbar zwischen den Zähnen hervor.

Lena begriff. Ihr Lächeln wurde kleiner und verschwand schließlich ganz. Mit ruhigem Ernst stellte sie richtig: »Nein, nein, ich habe nur gescherzt.«

»Mit diesem Mädchen stimmt etwas nicht«, hörte sie Thea zischen.

Lena senkte verlegen den Kopf. Den Rest des Vormittags zog sie es vor, zu schweigen.

17

Henri hatte das Garnier enttäuscht verlassen und irrte seit Stunden durch Paris. Obwohl ihm die Namen der Straßen und viele Gebäude vertraut waren, der prächtige Haussmann'sche Boulevard, der Opernplatz und natürlich das Garnier selbst, kam Henri seine Heimatstadt doch fremd vor. Allein der Verkehr mit den pferdelosen Kutschen und die sonderbaren Kleider der Menschen! Ohne Zweifel: Das war die Zukunft! Nur leider die falsche! Lena war nicht hier – überhaupt kannte er niemanden. Er war völlig auf sich allein gestellt. In dunkelster Stimmung achtete er kaum auf den Weg. Doch als er in eine kleine Gasse abbog, bemerkte Henri etwas, das ihm bekannt vorkam. Sofort war er hellwach. Zwei ineinander verschlungene Kreise zierten die staubblinde Schaufensterscheibe eines alten Geschäfts. Wo hatte er dieses Zeichen nur schon einmal gesehen? »Oscars Uhrenladen«, stand auf dem Schild über dem Eingang. Henri überlegte, dann fiel es ihm siedend heiß ein: Natürlich, dieses Symbol war ihm in den Aufzeichnungen seines Vaters begegnet, und es hatte auch jenes verhängnisvolle Medaillon geschmückt, das er Lena geschenkt hatte! Das konnte unmöglich ein Zufall sein. Entschlossen drückte er die Türklinke und trat ein.

»Oh nein, nicht du schon wieder! Nicht in meinem Laden, nicht, solange ich hinter der Theke stehe!«, ertönte eine Stimme, kaum dass Henri die Tür hinter sich geschlossen hatte. »Wie oft muss ich dich eigentlich noch rauswerfen? Mach gefälligst, dass du fortkommst!«

»Sie kennen mich?«, fragte Henri verdutzt. Der Besitzer des Ladens mochte so um die Fünfzig sein. Er war kräftig gebaut und hatte einen jamaikanischen Akzent, der zu seiner dunklen Hautfarbe passte. Die Haare waren zerzaust, und auch sonst machte er einen etwas unordentlichen Eindruck, was sich auch in seinem Geschäft widerspiegelte. Überall standen Uhrwerke, Pendel und Werkzeuge herum, manche offensichtlich schon seit langer Zeit unbenutzt.

»Ob ich dich kenne?« Oscars Stimme überschlug sich vor Aufregung, er kramte einen zerknitterten Zettel aus seiner Schürze und reichte ihn Henri.

»Du bist ein ständiger Dorn in meinem Fleisch, der

Grund für meine schlaflosen Nächte, eine wandelnde Katastrophe auf zwei Beinen!«

Henri betrachtete das Papier, das ihm Oscar gegeben hatte: »Gesucht! Bei sachdienlichen Hinweisen, die zur Ergreifung führen können, bitte melden!«, stand darauf.

»Das bin ja ich«, sagte Henri überrascht. Und tatsächlich war auf der Zeichnung, die auf dem Fahndungszettel prangte, sein Gesicht zu erkennen. »Was soll ich denn angestellt haben?«

»Was du angestellt hast?«, echote Oscar aufgebracht. »Die Risse im Raum-Zeit-Kontinuum, die irreparablen Schäden in der Zeitlinie, das ganze Chaos? Alles deine Schuld! Und jetzt verschwinde, bevor dich noch jemand bei mir sieht!«

»Das alles soll ich verschuldet haben?«, wunderte sich Henri. »Wie?«

»Du hast ein Medaillon gestohlen, es deiner Freundin geschenkt und sie in eine andere Zeit geschickt. Na, kommt dir das irgendwie bekannt vor?«, ätzte Oscar.

»Moment!«, rief Henri aufgeregt. »Sie kennen Lena? Das ist die beste Nachricht, die ich heute gehört habe!«

Oscar blieb ungerührt, seine Hand zeigte zum Ausgang.

»Bitte, ich brauche wirklich Ihre Hilfe! Ich … ich habe mich verirrt und weiß nicht, an wen ich mich sonst wenden könnte. Sie sind meine einzige Hoffnung, um Lena wiederzufinden. Irgendwas ist schiefgelaufen und jetzt bin ich ein Jahr zu früh in der Zukunft. Aber sie kommt erst nächstes Jahr hier an und … was für ein Durcheinander! Bitte, bitte: Sie müssen mir einfach helfen!«, flehte Henri.

»Ich habe dir doch schon gesagt …«, wehrte Oscar ab.

Doch Henri ließ ihn nicht ausreden: »Wenn Sie mir helfen, können wir den ganzen Schlamassel vielleicht noch verhindern!«

»Na gut«, seufzte Oscar. Henris leidenschaftlicher Appell hatte ihn offenbar doch berührt. »Auch wenn ich schon jetzt weiß, dass ich meine Entscheidung bereuen werde …« Er ging zu dem Regal neben der Werkbank und holte einen dicken Wälzer hervor. »Ich helfe dir, aber nur unter einer Bedingung!«

»Geht klar«, nickte Henri, »nennen Sie die Bedingungen. Ich akzeptiere jede!«

»Du nimmst das«, Oscar überreichte Henri ein Buch. »Zeitreisen in der Theorie und ihrer praktischen Anwendung«, stand auf dem Einband. Dann schloss er die Tür zur Straße von innen ab und schickte sich an, die Lichter im Laden zu löschen. Nur die Schreibtischlampe ließ er an.

»Was passiert jetzt?«, fragte Henri verunsichert.

»Ich gehe ins Bett und du …« Er klopfte mit dem Finger auf das Buch. »Du wirst jetzt lesen und lernen. Darin findest du alles über die Regeln für Zeitreisen. Lerne sie auswendig, sonst bist du hier schneller wieder draußen, als du gucken kannst.«

18

Am nächsten Tag stand für Lena Ballettunterricht bei Monsieur Etienne auf dem Stundenplan. Er galt als der strengste Ballettlehrer der Schule – nach Madame Carré.

Lena erkannte ihn sofort als denjenigen wieder, der sie beim Defilee für Elena Grande gehalten hatte. Auch heute trug er einen seidenen Schal. Als er das Studio betrat, packten alle augenblicklich ihre Handys weg, die Gespräche verstummten, es kehrte respektvolle Stille ein. Monsieur Etienne schien von der modernen Kommunikationstechnik weniger begeistert als seine Schüler.

»Keiner von euch kann sich mehr richtig mit anderen unterhalten. Immer hängt ihr nur an diesen Handys ...«, begann er ohne Begrüßung. »Und ihr wisst nicht einmal, wie tragisch das ist. Ihr habt alle eine engere Beziehung zu diesen Dingern als miteinander. Wie wollt ihr euch denn als Tänzer ausdrücken, wenn ihr euch nicht einmal mit den Mitmenschen aus Fleisch und Blut unterhalten könnt?« Dann teilte er für die Stunde Paare ein: »Jeff, du tanzt mit Thea. Dash mit Ines.« Es folgten weitere Namen, zuletzt blieben Lena und Max übrig. Etienne sah die beiden an und schnippte mit den Fingern: »Worauf wartet ihr noch? Los, los!«

»Anpassen und nicht auffallen«, hörte Lena Ines ihr im Vorbeigehen zuflüstern. Aber sie fühlte sich, als hätte sie einen Zementsack im Magen. Warum musste sie ausgerechnet am ersten Tag mit einem Jungen tanzen? Und dann noch mit Max? Mit einem Lächeln versuchte sie sich selbst zu ermutigen. Aber als Max hinter sie trat und seine Arme auf ihre Hüfte legte, zuckte sie unwillkürlich zusammen. »Entschuldige bitte, ich muss dich doch wohl nicht an deine Manieren erinnern?«, schimpfte sie.

Max sah Lena verwundert an. Schließlich konnte er nicht ahnen, dass es 1905 vollkommen unüblich war, dass junge Tänzer und Tänzerinnen sich derart ungeniert anfassten.

»Stell dich nicht so an, Chica. Vertrau mir«, sagte er.

Da schaltete sich Etienne ein. »Gibt es hier ein Problem?«, fragte er scharf. Lena schüttelte rasch den Kopf. »Dann tanzt!«, befahl der Lehrer. Mit verschränkten Armen postierte er sich vor Lena.

Das machte Lena nicht wirklich entspannter. Unter größter Anstrengung gelangen ihr einige schöne Tanzschritte, doch als sie auf die Spitze ging und Max sie an ihrer Hüfte fasste, um ihre Drehung zu stützen, wurde sie steif wie ein Brett.

»Genug!«, rief Etienne. Augenblicklich hielten auch die anderen Paare im Raum inne. »Einige der größten Tänzer haben in diesem Ballettsaal angefangen. Sie mussten alles dafür geben, Schweiß, harte Arbeit und Leidenschaft. Nur die Besten können bestehen. Wenn ihr dem nicht gewachsen seid, geht! Dann ist hier kein Platz für euch!«

»Streng dich mehr an«, raunte Max.

»Ich fasse es nicht, wie unhöflich du bist«, zischte Lena.

Max sah Lena verständnislos an. »Ist das dein Ernst? Ich kann nicht glauben, dass ich ausgerechnet mit dir tanzen muss …«

Lena unterbrach ihn. »Dann such dir doch eine andere Partnerin.«

Ihre Auseinandersetzung war nicht unbemerkt geblieben. »Ihr zwei bleibt nach dem Unterricht hier und übt weiter!«, bellte Etienne.

Max versuchte, sich seine Enttäuschung nicht anmerken zu lassen. Doch als alle das Studio verlassen hatten und sie allein waren, geriet Lena sogar bei den einfachsten Tanzschritten aus dem Takt.

Irgendwann sank Max erschöpft auf den Boden. »Ich brauche eine Pause«, sagte er.

Betrübt setzte sich Lena auf eine Bank am Rand. Das Problem war nicht nur, dass sie mit einem Jungen tanzen musste, gestand sie sich schließlich ein. Max machte sie nervös! Aber das durfte eigentlich nicht sein. Schließlich hatte sie einen Freund! Mit Max so eng zu tanzen, fühlte sich an wie Verrat!

Dann wurde ihr aber bewusst, dass sie keine Wahl hatte: Sie musste mit ihm tanzen! Sie durfte sonst nicht an der Ballettschule bleiben. Wenn sie nicht hier wäre, könnte Henri sie nicht retten. Sie müsste für immer hierbleiben, aber ohne ihn.

Lena wischte sich eine Träne aus den Augenwinkeln. »Lass es uns noch einmal probieren«, sagte sie.

Max sah sie verblüfft an, sprang aber sofort auf, bereit für einen neuen Versuch. Lena stellte sich in Position und schloss die Augen. Die Musik erklang, dann begannen sie zu tanzen. Lena ließ sich auf die Musik ein, auf den Rhythmus, auf Max. Sie wich nicht aus, sie blieb. In Gedanken jedoch war sie ganz bei Henri.

Am Ende des Stücks öffnete sie lächelnd ihre Augen. Max strahlte sie zufrieden an.

»Schon besser«, ertönte da die Stimme von Monsieur Etienne. Der Lehrer hatte unbemerkt das Studio betreten. »Ihr könnt für heute Schluss machen.«

19

Henri wurde unsanft aus dem Schlaf gerissen, als Oscar lautstark eine Kiste über den Boden zog und das kleine »Geöffnet«-Schild an der Ladentür umdrehte.

»Ouh, wo bin ich?« Henri rieb sich verwundert die Augen.

»Immer noch in meinem Uhrenladen. Du erinnerst dich: Zeitreise, Paris?«

Oscar blickte argwöhnisch auf das Buch, über dem Henri eingeschlafen war. Es war immer noch auf der ersten Seite aufgeschlagen.

Henri stand auf. »Ja, natürlich. Alles klar.«

»Wie viele Portal-Perioden gibt es?«, fragte Oscar unvermittelt.

Henri sah Oscar verunsichert an. Sein Mund formte verschiedene Anfangsbuchstaben.

»Drei, es gibt drei Portal-Perioden«, beantwortete Oscar seine Frage schließlich selbst.

»Genau das wollte ich gerade sagen«, sagte Henri hilflos.

»Und wie oft kann man außerhalb der Portal-Perioden durch die Zeit reisen?«

»Sieben Mal?«, antwortete Henri zögerlich.

»Raus hier! Sofort!«, schimpfte Oscar. »Die richtige Antwort ist null und nicht sieben oder sonst was. Außerhalb der Portal-Perioden kann man nicht reisen.«

»Ich … Oscar, es tut mir leid, ich war einfach zu müde, um zu lernen. Bitte geben Sie mir noch eine Chance!«

Oscar setzte sich hinter seinen Tresen und seufzte. »Du musst das hier wirklich ernst nehmen! Wenn du diese Dinge nicht auswendig weißt, kann ich dir nicht helfen. Das willst du doch nicht, oder?«

Henri nickte. Rasch setzte er sich wieder und begann zu lesen. Oscar hatte natürlich recht: Wenn er Lena helfen wollte, musste er das verflixte Zeug einfach in seinen Schädel bekommen.

Also kämpfte er sich tapfer durch seine Lektüre, die in erster Linie aus endlos trockenen Fakten bestand. Offenbar befanden sich die Zeitmesser seit Jahrhunderten in Familienbesitz und jeder Zeitmesser hatte seine eigenen, ganz besonderen Eigenschaften. Es folgte eine lange Aufzählung von Namen und Orten. Auf Seite 50 begann Henri der Kopf zu schwirren.

»Gehen Sie eigentlich auch hin und wieder vor die Tür?«, fragte Henri und rieb sich den vom Lesen steifen Nacken. Ihm war aufgefallen, dass Oscar in der ganzen Zeit kein einziges Mal seinen Platz am Tresen verlassen hatte.

»Nein, nie«, antwortete Oscar.

»Wirklich, warum das denn?«

»Nun, das ist etwas kompliziert, aber vereinfacht ausgedrückt: Innerhalb dieser Mauern steht die Zeit still. Das heißt wiederum, dass man hier drin nicht altert.«

»Echt? Das ist doch wieder so ein Trick, oder?«, fragte Henri überrascht.

»Warum glaubt mir das nie jemand?«, seufzte Oscar.

Henri stand auf, um sich den Laden genauer anzusehen. In einem Wandregal befanden sich verschiedene Fächer. Eines davon stach ihm besonders ins Auge, denn auf ihm prangte sein Familienname: Duquet. Darin stand ein auffälliges rotes Kästchen.

»Was ist denn das da?«, fragte Henri.

»Das kannst du dir gleich wieder aus dem Kopf schlagen«, winkte Oscar mürrisch ab. »Dein Vater hat es mir vor vielen Jahren für dich anvertraut und mir sehr eindeutige Anweisungen dazu hinterlassen. Der Inhalt ist ausschließlich für besondere Notfälle gedacht!«

»Also angesichts der Tatsache, dass ich hier im Jahr 2017 feststecke, um meine Freundin aus dem Jahr 2018 zu retten, würde ich sagen, dass eindeutig ein Notfall vorliegt«, argumentierte Henri.

»Netter Versuch«, erwiderte Oscar. »Abgesehen davon, dass du dir diesen Umstand vor allem selbst zuzuschreiben hast, musst du dir da schon was Besseres einfallen lassen.«

»In dem Buch steht, dass Sie so eine Art ›Buchhalter‹ für Zeitreisende sind?«, fragte Henri.

»Nun, ich verwalte die Aufzeichnungen über Zeitreisen und biete Hilfestellungen«, antwortete Oscar nicht ohne Stolz. »Natürlich führe ich auch Buch über alles.«

»Dann haben Sie bestimmt schon viele solcher Kästchen gesehen, oder?«, erkundigte sich Henri, um Oscars Neugier zu wecken.

»Ehrlich gesagt nein, hab ich nicht«, gestand Oscar und fuhr sich verlegen durch sein wirres Haar. Er überlegte kurz, dann seufzte er vernehmlich. »Na gut, du hast gewonnen. Ich denke, es kann nicht schaden, wenn wir einen Blick riskieren.«

Gemeinsam holten sie das Kästchen aus seinem Fach. Oscar stieß einen leisen Pfiff aus, als er den Deckel öffnete.

Denn in Samt eingebettet lag eine reich verzierte Zeitmesser-Uhr.

»Teufel auch, das ist wirklich ein ganz besonderes Stück. So besonders, dass ich in all den Jahren noch nie so einen Zeitmesser zu Gesicht bekommen habe.«

»Ach, wirklich?«, hakte Henri nach. »Was ist daran so besonders?«

»Hiermit«, sagte Oscar und hielt die Uhr hoch, »kann man einen Zeitsprung außerhalb einer Portal-Periode machen. Wirklich außergewöhnlich!«

»Das ist gut, oder?«, fragte Henri.

»Das ist nicht nur gut, das ist einzigartig!«, rief Oscar begeistert. »Pass auf, du erinnerst dich an die Portale und dass sie nur zu bestimmten Zeiten geöffnet sind, nicht wahr?«

Henri nickte eifrig.

»Nun«, fuhr Oscar fort, »dieser Zeitmesser ist deswegen so außergewöhnlich, weil er seinem Träger erlaubt, auch außerhalb der Portal-Perioden einen Zeitsprung zu machen. Jederzeit, sogar jetzt, wenn man das wollen würde.«

Er legte die Uhr wieder zurück, fingerte seine Lesebrille aus der Tasche und blätterte aufgeregt in dem Buch »Theorie und Praxis der Zeitreise«.

»Hier steht es«, murmelte Oscar, »Regel Nummer eins: Zeitreisen sind nur während der Portal-Perioden erlaubt. Ausnahmen von dieser Regel erfordern den Besitz eines speziellen und sehr seltenen Zeitmessers. Doch hierbei ist besondere Vorsicht vonnöten, da ein solch irregulärer Zeitsprung gravierende Folgen nach sich ziehen kann. Aha! Hast du das gehört, Henri? Henri!!!«

Doch Henri war fort. Erschrocken sah sich Oscar um und stöhnte. Denn nicht nur Henri, auch der Zeitmesser war verschwunden!

»Ich hätte auf mein Gefühl hören sollen. Dieser Junge macht nichts als Ärger!«

20

Lena hatte große Mühe, nicht mitten am Tag einzuschlafen. Das Training war viel härter als sie es gewohnt war. Und neben den täglichen Ballettstunden musste sie ein enormes Schulpensum erfüllen. Mathematik, Physik, Chemie – von diesen Fächern verstand sie fast kein Wort, denn 1905 wurden sie an vielen Mädchenschulen noch gar nicht unterrichtet. Eigentlich hatte Lena vorgehabt, zumindest das Geschichtsbuch in einem Zug durchzulesen. Aber bisher war sie nicht über die erste Seite hinausgekommen. Sie war einfach zu erschöpft.

Hinzu kamen die arbeitsintensiven Treffen mit der Hip-Hop-Gruppe BLOK. Sie trafen sich meist auf dem Dach oder im Keller des Garnier, um heimlich zu proben. Jeff unterstützte Lena mit Tipps und Tricks – aufopferungsvoll wie ein persönlicher Trainer. Im Gegenzug gab Lena Jeff Nachhilfe in klassischem Ballett.

»Jeff, warum bist du überhaupt bei uns auf der Schule?«, erkundigte sich Thea einmal von oben herab, als sie beiden bei einem dieser Treffen zusah.

»Ich habe eine Wette verloren«, erklärte Jeff schlicht.

»Eine Wette?« Thea verstand nicht, was er meinte.

»Bei einem Hip-Hop-Wettbewerb in meiner Heimatstadt habe ich mit meinen Kumpels ausgemacht, dass der Verlierer sich an der Schule der Pariser Oper bewerben muss.«

»Der Verlierer?« Thea war fassungslos.

»Ja, wir dachten, das wäre eine tolle Strafe … du weißt schon, auf der Bühne stehen mit einem Haufen hochnäsiger Tänzer und Tänzerinnen. Ich konnte ja nicht damit rechnen, dass sie mich tatsächlich nehmen!«

»Du gehörst hier nicht her!«, stieß Thea wütend hervor. Für sie war es das Größte und Heiligste, auf dieser renommierten Schule zu sein.

Aber Jeff lachte nur. »Wow. Schon klar, Eiskönigin. Kein Wunder, dass du keine echten Freunde hast.«

Jetzt wurde Thea erst recht wütend. »Selbstverständlich habe ich Freunde!«

Jeff sah sich demonstrativ um. »Ach ja? Bree und Kennedy zählen nicht. Die sind keine Freundinnen, sondern Lakaien!«

»Und du bist kein richtiger Tänzer! Du solltest nicht hier sein!«, schimpfte Thea. Sie schien den Tränen nahe.

Lena hatte den Streit schockiert angehört. Thea tat ihr fast leid.

»Ich dachte immer, Jeff mag Thea. Die beiden hängen so viel miteinander rum«, wandte sie sich am Abend, als sie im Bett lagen, an Ines.

»Im Sinne von verliebt?« Ines schüttelte den Kopf. »Jeff interessiert sich nicht für Mädchen. Sieht zumindest so aus.«

Lena konnte kaum glauben, was sie da hörte. »Er mag Jungs?«

»Ja, ist keine große Sache«, erklärte Ines.

Auf Lenas Gesicht schlich sich ein breites Lächeln. War das wirklich möglich? Es war kein großes Ding, wenn ein Junge einen Jungen mochte? Diese Zukunft war wirklich eine sensationelle Sache, wenn jeder jeden lieben durfte. Sie dachte an Henri und ihr wurde entsetzlich schwer ums Herz. 1905 war es Mädchen sogar verboten, mit einem Jungen mehr als ein paar Worte zu sprechen – erst recht, wenn er nicht ihrem gesellschaftlichen Rang entsprach …

»Und wen magst du?«, fragte Lena. »Dash?«

Ines lachte. »Nein, glaube nicht! Aber er mag mich. Ist dir das nicht aufgefallen?«

Lena schüttelte den Kopf. Sie wusste nicht viel darüber, wie man erkannte, ob ein Junge ein Mädchen mochte.

»Aber dass du dich in Max verguckt hast, ist ziemlich offensichtlich«, erklärte Ines.

»Nein! Wie kannst du so etwas nur sagen!«, empörte sich Lena aufrichtig. »Ich habe einen Freund!«

Ines nickte. »Ist auch besser so. Thea und Max sind ein Paar. Lass also besser die Finger von ihm!«

21

Henri rannte freudestrahlend durch die Straßen von Paris Richtung Garnier. Den Zeitmesser seines Vaters hielt er fest in der Hand. Jetzt konnte er Lena endlich retten!

Zwar empfand er Oscar gegenüber ein schlechtes Gewissen, aber hatte sein Vater diesen Zeitmesser nicht genau für einen solchen Notfall hinterlegt? Während er rannte, war ihm, als könne er Lenas Gegenwart in den Straßen spüren. Ganz, als sei sie am selben Ort, nur in einer anderen Zeit gefangen.

Völlig außer Atem erreichte er die Metalltür, die ihn zu Lena bringen würde. »Jetzt gibt es kein Zurück!«, sprach er sich selbst Mut zu. Dann drückte er den Knopf des Zeitmessers und schlüpfte durch das Portal.

Von Glockenschlägen und einem ohrenbetäubenden Rattern begleitet, durchquerte Henri die Zeit. Die Reise schien ihm endlos, aber schließlich landete er mit einem entsetzlichen Brummschädel wieder in der Garnier Oper.

»Verflixte Zeitreisen«, stöhnte Henri und versuchte sich aufzurappeln. Ob Zeitsprünge mit dem besonderen Zeitmesser vielleicht noch anstrengender waren als normale? Doch bevor Henri wieder auf den Beinen war, spürte er auch schon eine vertraute Hand an seinem Kragen.

»Wie oft muss ich dir eigentlich sagen, dass du dich von Dingen fernhalten sollst, die du nicht verstehst?« Sein Vater sah ihm finster in die Augen. »Ich habe dir doch ausdrücklich verboten, dich hier einzumischen. Ist dir überhaupt klar, was du jetzt wieder angerichtet hast?«

»Lass mich«, sagte Henri und versuchte, sich aus dem Griff seines Vaters zu befreien. »Wenn du wüsstest, wie schwer es war, hierher ins Jahr 2018 zu kommen! Ich habe wirklich keine Zeit für Erklärungen, Lena wartet auf mich.«

»Oh, da irrst du dich«, sagte Victor, »du hast alle Zeit der Welt: Du bist im Jahr 1905!«

»1905?«, wiederholte Henri ungläubig. Er taumelte. »Aber wie ist das möglich?«

»Das lass mal schön meine Sorge sein!«, schimpfte Victor und zerrte Henri hinter sich her in sein Büro. »Du machst jetzt endlich einmal, was ich dir sage, und wartest hier auf mich!«

Dann zog er die Tür hinter sich zu. Henri hörte, wie sich der Schlüssel drehte. Unglücklich ließ er sich auf einen Stuhl sinken. »Jetzt bin ich weiter von Lena entfernt als vorher«, seufzte er. Was sollte er tun? Sein Vater würde ihm nicht helfen, das wusste er. Aber gab es denn sonst wirklich niemanden, zu dem er gehen konnte? Jemanden, der sich mit Zeitreisen auskannte?

»Oscar!«, rief Henri unvermittelt aus. »Wenn Oscar in der Zukunft seinen Uhrenladen hat, dann finde ich ihn bestimmt auch in der Vergangenheit!«

Henri lief zu Victors Schreibtisch. Sein Vater hatte ihn zwar hier im Büro eingeschlossen, aber glücklicherweise vergessen, den Zweitschlüssel mitzunehmen. Der lag in der obersten Schublade. Henri zögerte keine Sekunde und nahm ihn an sich. Nichts konnte ihn aufhalten, Lena zu finden.

22

Obwohl Monsieur Etienne einer der strengsten Ballettlehrer der Schule war und viele Schüler sogar ein bisschen Angst vor ihm hatten, mochte Lena ihn sehr. Es gefiel ihr, wie leidenschaftlich er Ballett unterrichtete. Sie freute sich auf jede einzelne Stunde bei ihm. Als er ein besonderes Rollenstudium ankündigte, war Lena restlos begeistert.

»Heute werden wir uns einem romantischen Ballett widmen, dem vielleicht schönsten in der Geschichte. Kommen wir also zu diesem einzigartigen Stück …« Etienne atmete einmal tief durch. »›La Fée‹, auch bekannt als ›Feentanz‹.«

»Oh, ich liebe ›La Fée‹!«, platzte es aus Lena heraus.

»Du kennst dieses Stück?« Etienne sah sie skeptisch an. La Fée stand schon lange nicht mehr auf den Spielplänen der Ballettbühnen.

»Oh, es ist eins meiner liebsten«, versicherte Lena. »Die Geschichte eines einfachen Bauern und seiner liebenden Ehefrau – und natürlich der Fee, die das Glück des Paares zerstört.«

Jeff zog eine witzige Grimasse, die Etienne nicht übersehen konnte. Flink wie ein Wiesel trat der Ballettlehrer nah an ihn heran. »Ah, vielleicht möchte Monsieur Chase erzählen, was ihn so amüsiert?«

Jeff ließ sich nicht einschüchtern. »Es ist nur … eine Fee? Welchen Schaden kann die schon anrichten?«, schmunzelte er.

»Oh, jede Menge!«, schaltete sich Lena ein. »Die Fee und Hubert verlieben sich ineinander und beschließen, gemeinsam zu dem einzigen Ort auf der Welt zu fliehen, an dem sie zusammen sein können. Ins Feenland …«

»Ins Feenland, nicht dein Ernst?«, rief Jeff sarkastisch.

Ballettmeister Etienne sah Jeff an, als würde er ihn am

liebsten in das Gegenstück des Feenlandes hinfortzaubern. »Pass auf, was du sagst!«, stieß er hervor. Dann wandte er sich mit ungewohnter Sanftheit wieder an Lena. »Fahr bitte fort, Lena …«

»Der einzige Weg ins Feenland führt jedoch über die Klippen am Meer«, erklärte sie weiter, als Jeff sie schon wieder unterbrach: »Oooh! Lass mich raten. Er springt und sie verbringen die Ewigkeit als ein glückliches Paar?«

Lena schüttelte den Kopf. Ihre Stimme war ernst: »Nein, Jeff. Er stürzt in den Tod.«

Jeff verschlug es für einen Moment die Sprache. »Okay. Du hast gewonnen. Das ist echt heftig«, gab er schließlich zu.

»Genug geredet«, erklärte Etienne offensichtlich zufrieden. »Ich verteile jetzt die Rollen: Max ist der Bauer, Thea die betrogene Frau und Lena die Fee.«

Lena spürte einen bitterbösen Blick in ihrem Nacken. Er kam von Thea, die vor Wut beinahe platzte. Sie wollte nicht die betrogene Ehefrau tanzen. Das entsprach nicht ihrer Vorstellung einer guten Rolle. Aber sie wagte es nicht, sich in Gegenwart des Ballettlehrers zu beschweren.

Auch Lena war mit ihrer Rolle nicht glücklich. Allerdings aus einem anderen Grund. »Max ist der Bauer«, flüsterte Lena Ines zu.

Doch diese zuckte mit den Schultern. »Ja, und?«

»Nun … es ist nur so … da gibt es eine Legende über ›La Fée‹ … Diejenigen, die diese Rollen tanzen, verlieben sich unweigerlich ineinander.«

Ines rollte mit den Augen. »Was du nicht sagst!«

Lena verstand nicht, wie Ines so gelassen bleiben

konnte! Vorsichtig sah sie zu Max hinüber. Er stand bei Jeff und Dash und lächelte Lena an. Sofort senkte sie den Blick.

»Lena und Max, ich möchte, dass ihr zunächst improvisiert!«, gab Etienne Anweisung. »Denkt daran: Es ist eure erste Begegnung!«

Dann startete er die Musik. Max mimte sogleich den einfachen Bauern. Lena näherte sich ihm in weiten Kreisen, lugte erst schüchtern hinter imaginären Bäumen hindurch, tanzte dann elfengleich in seine Richtung. Es folgte eine zarte, scheue Annäherung. Max' Faszination für das Feenwesen wuchs, bald gab er seine anfängliche Zurückhaltung auf. Er umfing Lena, sie ließ sich in seine Arme sinken. Ihre Gesichter waren ganz nah beieinander.

»Sehr gut, Max! Genau das ist der Moment, wo du dich Hals über Kopf in dieses engelsgleiche Geschöpf verliebst«, gab Etienne Anweisung.

In diesem Moment verlor Lena das Gleichgewicht und fiel plump zu Boden. Thea unterdrückte ein Kichern.

»Alles in Ordnung?« Max half Lena auf. Sie nickte.

»Lass uns das noch mal versuchen«, forderte Max sie auf. Die Musik begann von vorne. Aber Lena war wie ausgewechselt. Ihr gelang keine einzige Schrittfolge mehr, nervös und fahrig umtänzelte sie Max. Es war offensichtlich, dass sie sich unwohl fühlte.

»Max, unterstütze sie bitte mehr«, forderte Etienne.

»Ich dachte, du kommt mit mir als Tanzpartner jetzt klar?«, wunderte sich Max.

Lena nickte hastig. Sie begannen noch einmal. Doch Lena kam nicht über die ersten Takte hinaus. Unentschlossen ging sie auf die Spitze und versuchte eine Pirouette, strauchelte und fiel auf die Knie.

»Lena, du bringst mich noch um den Verstand. Ich nahm an, du begreifst, worum es bei ›La Fée‹ geht!« Etienne schien wirklich zu leiden. »Wir machen fünf Minuten Pause!«

Lena war am Boden zerstört. »Ich verstehe nicht, warum mich Max so angucken muss«, beklagte sie sich bei Ines.

»Wie hast du dir das gedacht? In dieser Szene verlieben sich die beiden. Da gehört das Einanderangucken logischerweise dazu«, lachte Ines.

Aber Lena war ganz anderer Meinung: »Oh nein. Das hat bestimmt mit der Legende zu tun und wir sind beide dem Fluch von ›La Fée‹ erlegen.«

Ines schüttelte amüsiert den Kopf.

Am anderen Ende des Raumes versuchte Thea, vor Eifersucht nicht aus der Haut zu fahren. Es gelang ihr nur leidlich.

»Hast du gesehen, wie mies sie tanzt?«, fragte sie Kennedy. »Für wen hält sie sich? Ich bin doch eindeutig die bessere Tänzerin.«

»Viel besser«, bestätigte Kennedy.

»Und fällt dir auf, wie sie Max die ganze Zeit ansieht?«, ärgerte sich Thea weiter.

»Nein, nein. Hab ich nicht gemerkt, da gibt's gar nichts zu sehen. Das ist doch nur eine Tanzszene, keine große Sache«, versuchte sie Kennedy zu beruhigen.

Aber der Blick, den Thea Lena zuwarf, zischte förmlich wie ein Blitz durch den Raum. Jeder sah ihn, auch Lena war er nicht entgangen.

»Thea wird mich umbringen!«, sagte sie. »Soll ich ihr sagen, dass alles nur an der Legende liegt?«

Ines sah Lena entsetzt an. Auf was für dumme Gedanken konnte man nur kommen? »Keine gute Idee!«

Da klatschte Monsieur Etienne in die Hände, die Pause war vorüber. Die Musik begann von Neuem. Max wurde zum Bauern, Lena tanzte feengleich zu ihm hinüber. Doch in der Sekunde, in der er sie anlächelte, versteinerte sie in der Bewegung. Die Klasse stöhnte laut auf.

»Es tut mir so leid«, sagte Lena.

Doch der Lehrer hatte die Geduld verloren. Verzweifelt raufte er sich die Haare. »Vielleicht kann ich es ihr zeigen?«, meldete sich da plötzlich Thea. Es gelang ihr, wie eine hilfsbereite Mitschülerin zu klingen.

»Solang du die Szene nicht noch mehr kaputt machst, bitte sehr«, erklärte Etienne und schaltete die Musik an.

Ohne mit der Wimper zu zucken, ergriff Thea ihre Chance und schlüpfte in die Rolle der Fee. Sie umtanzte Max, weniger scheu und zart, eher fordernd und offensiv flirtend. Aber ihre Darbietung war auf ihre Art perfekt, ein Fest für die Augen.

»Das ist es! Bravo. Ihr tauscht die Rollen«, sagte Etienne.

Thea riss gespielt überrascht die Augen auf. Mit dem Anschein größter Unschuld fügte sie sich Etiennes Anweisung: »Wenn Sie das für das Beste halten.«

»Nein, lassen Sie es mich bitte noch einmal versuchen!«, rief Lena. Aber sie stieß damit auf taube Ohren. Den Rest der Stunde konnte sie nur noch mit ansehen, wie Thea ohne jeden Skrupel ihre Rolle tanzte.

23

Hoffnungsvoll stieß Henri die Tür zu Oscars Uhrenladen auf. Tatsächlich sah er noch genauso aus wie beim letzten Mal oder besser gesagt: Er sah in der Vergangenheit schon so aus wie in der Zukunft. Nur die Fenster waren ein bisschen weniger staubig.

»Ich bin's!«, rief Henri, froh, ein bekanntes Gesicht vorzufinden.

»Was sollte mir das sagen?«, antwortete Oscar und runzelte die Stirn.

»Oh, wir kennen uns«, sagte Henri, dem schlagartig bewusst wurde, dass Oscar ihn im Jahr 1905 noch nicht kannte. »Also … wir sind uns noch nicht begegnet, aber in der Zukunft werden Sie mir helfen«, versuchte er zu erklären.

»Werde ich, soso? Tut mir leid, aber ich bin heute nicht zu Späßen aufgelegt. Wenn du nichts kaufen willst, muss ich dich leider bitten, mein Geschäft zu verlassen.«

»Und wenn ich Ihnen sage, dass ich weiß, warum Sie ihren Uhrenladen nie verlassen?«, fragte Henri, einer plötzlichen Eingebung folgend.

»Worauf willst du hinaus?«, fragte Oscar und nahm die Brille ab. Sein Interesse war geweckt.

»Sie haben mir erklärt, dass die Zeit innerhalb dieser Mauern stillsteht und dass Sie nicht altern können, wenn Sie keinen Fuß vor die Tür setzen.«

Oscar sah Henri prüfend an. »Hmm … wie war noch mal dein Name?«

»Henri Duquet, oh, und Sie kennen meinen Vater, Victor Duquet. Er hat Ihnen das hier gegeben, damit Sie es für mich aufbewahren.« Henri holte zum Beweis den Zeitmesser aus seiner Jacke und hielt ihn hoch.

Oscar wischte sich mit dem Handrücken über die Stirn. »Weißt du eigentlich, was das ist?«, fragte er ehrfürchtig.

»Ein Universalzeitmesser, um außerhalb der Portal-Perioden Zeitsprünge zu machen«, nickte Henri. »Tut mir leid, dass ich mir den ausleihen musste.«

Dann berichtete er Oscar noch einmal, was bisher geschehen war. Wie er Lena den Anhänger geschenkt hatte, wie sie durch das Portal verschwunden war und er sie zu retten versucht hatte. Ein paar Details ließ er allerdings aus. Von seinem Vater sagte er besser nichts. Und dass er sich verbotenerweise mit dem Zeitmesser für Notfälle davongemacht hatte, wollte er Oscar auch nicht unbedingt auf die Nase binden.

»Ich denke, ich kann dir sagen, warum dein Plan nicht funktioniert hat: Deine Freundin ist in einer Zeitblase gefangen, und das ist allein deine Schuld«, erklärte Oscar, nachdem er sich alles angehört hatte.

»Warum ist denn immer alles meine Schuld?«, stöhnte Henri.

»Du hättest es eigentlich wissen müssen«, schimpfte Oscar und holte »Zeitreisen in Theorie und Praxis« hervor. »Hier steht es«, sagte er und deutete auf eine der Seiten. »Die Einstellung, die du ihr geschickt hast, sorgt dafür, dass jeder Träger eines Zeitmessers in ihrer Nähe in ebenjene Zeit geschickt wird, auf die sein eigener Zeitmesser eingestellt ist. In der Folge heißt dies, dass sie in einer Zeitblase feststeckt und niemand zu ihr kann!«

»Aber ich konnte spüren, dass sie in meiner Nähe ist! Wie kann das sein, wenn sie in einer Blase sitzt?«, widersprach Henri.

Oscar lächelte. »Das hat nichts damit zu tun. Das sind Liebesschwingungen. Eine Art kosmische Kraft. Genaugenommen bedeutet es, dass sich zwei Menschen nicht mehr als Kombination zweier Individuen beschreiben lassen, sondern nur als ein gemeinsamer Zustand. Vollkommen unabhängig davon, wie weit sie räumlich oder auch zeitlich voneinander entfernt sind. Verstehst du, was ich meine?«

Henri nickte zögernd, wirklich begriffen hatte er aber nicht. »Bedeutet das auch, dass es für mich doch einen Weg zu ihr gibt?«

»So funktioniert die Geschichte leider nicht«, schüttelte Oscar seinen Kopf. »Sie steckt wie gesagt in einer Zeitblase fest und da gibt es eigentlich keine Möglichkeit.«

»Eigentlich?«, fragte Henri.

»Naja … also … es gibt da so eine Theorie …«, sagte Oscar vorsichtig. »Ich betone, es handelt sich dabei wirklich nur um eine Theorie! Im Grunde mehr ein Gerücht, das ich mal von Besuchern aufgeschnappt habe. Ich will dir da keine falschen Hoffnungen machen.«

»Ganz ehrlich«, meinte Henri, »ein bisschen Hoffnung könnte ich gerade gebrauchen.«

24

Selten war Lena beim Ballettunterricht so niedergeschlagen gewesen wie heute.

»Ich weiß, ich habe andauernd Fehler gemacht, aber ich war einfach zu abgelenkt durch die Legende. Ich möchte auf alle Fälle die Rolle in ›La Fée‹ tanzen. Was soll ich bloß machen?«, fragte sie Ines.

»Willst du die Rolle denn wirklich?«, fragte Ines.

Lena überlegte kurz: Auf der einen Seite stand der angebliche Fluch, der es ihr eigentlich leicht machen sollte, auf die Rolle zu verzichten. Auf der anderen Seite stand ihr Wunsch, immer das Beste zu geben.

»Ich lasse mir die Rolle nicht wegnehmen!«, erklärte Lena schließlich kampfbereit.

Noch am selben Tag suchte sie sich einen freien Übungsraum, um die Choreografie noch mal durchzugehen.

Doch ihre »Überstunden« blieben nicht unbemerkt. Von Bree und Kennedy alarmiert kam Thea wutschnaubend herbeigelaufen und riss die Tür auf.

»Erde an Lena: Das ist nicht mehr deine Rolle! Die Fee gehört einer Tänzerin, die sie auch tatsächlich tanzen kann und nicht wie ein Trampel auf ihren Hintern fällt. Deswegen hat Monsieur Etienne sie auch mir zugeteilt.« Türenschlagend rauschte sie wieder ab.

Lena ließ sich nicht aus der Ruhe bringen. »Kannst du bitte den Part von Max übernehmen?«, bat sie Ines, als diese nach ihr schauen kam.

Ines schüttelte lachend den Kopf: »Aber was, wenn du dich deswegen in mich verliebst?« Dann stellte sie sich aber doch in Position. »Check das aus, Chica! Schau und lerne! Relax und lass mich führen!«, imitierte sie Max.

Lena lachte. »Sei bitte ernst!«

»Bin ich! Das ist exakt, wie er sich anhört!«, widersprach Ines. Doch als sie den Kopf drehte, bereute sie ihre Worte sogleich. Denn in der Tür stand Max. Er hatte die Mädchen wohl schon einige Zeit beobachtet.

»Okay. Schließ die Augen«, sagte Ines und winkte Max zu sich heran. »Denk daran, es gibt keinen Fluch«, flüsterte sie noch rasch Lena ins Ohr, dann trat sie zur Seite, sodass Max ihre Position einnehmen konnte. Vorsichtig legte er seine Hand auf Lenas Hüfte.

»Entspann dich, Chica«, sagte er. Lena riss die Augen auf. Max lächelte. »Willst du, dass Thea die Rolle bekommt?«, fragte er grinsend.

Lena schüttelte energisch den Kopf. Ines schaltete die Musik an. Und so durchtanzten Max und Lena noch einmal die Choreografie, die Momente der ersten Annäherung, der wachsenden Neugier und der brodelnden Leidenschaft. Sie bemerkten nicht, dass Thea und ihre Freundinnen plötzlich wieder mitten im Raum standen.

»Was zur Hölle ist hier los? Warum tanzt sie meine Rolle? Mit meinem Freund, und das an meiner Schule?«

Theas Brüllen war im ganzen Haus zu hören. Lena und Max ließen sich trotzdem nicht stören. Ballettmeister Etienne kam herbeigeeilt, um sich über den Lärm zu beschweren. Als er aber sah, wie Max und Lena tanzten, blieb er verzaubert stehen.

»Genau das ist meine Vision von der Fee«, sagte er tief berührt. Thea hingegen bekam ihr wutverzerrtes Gesicht nicht unter Kontrolle. »Und du bist die perfekte Besetzung für die betrogene Ehefrau!«, rief er begeistert.

Max und Lena beendeten ihren Tanz und blieben, ganz in den Moment versunken, eng umschlungen in der Schlussposition stehen. Max sah Lena tief in die Augen. Er führte sein Gesicht näher an das ihre. Eine Sekunde später hätte sein Mund ihren berührt. Aber Lena sprang hastig zurück.

»Das ist doch nur eine Legende«, flüsterte sie, um sich selbst zu beruhigen.

Kaum waren Ines und Lena nach dem Unterricht auf ihrem Zimmer, klopfte es an der Tür. Thea stand davor und verschaffte sich rücksichtslos Eintritt.

»Wag es bloß nicht, mir je wieder eine Rolle zu stehlen, oder du wirst es bitter bereuen! Das verspreche ich dir Lena ›Wer-auch-immer-du-wirklich-bist‹. Dann wirst du dir wünschen, du wärst nie geboren!«, zischte sie.

Aber Lena blieb cool. »Wovon redest du überhaupt? Ich war die Fee und du hast mir die Rolle gestohlen. Ich habe sie mir lediglich zurückgeholt!«

Mit dieser Antwort hatte Thea nicht gerechnet. Wütend verließ sie das Zimmer.

»Muss ich mir jetzt Sorgen machen?«, fragte Lena, nachdem die Tür krachend ins Schloss gefallen war.

»Ein bisschen vielleicht«, seufzte Ines.

Auch Lena seufzte. Sie überkam das dringende Bedürfnis, Henri zu sehen. Was hätte sie darum gegeben, ihn jetzt sprechen zu können! Lena nahm ihr Handy und suchte ein paar Blätter Briefpapier zusammen. Sie wollte dorthin, wo sie sich Henri wenigstens ein bisschen näher fühlen konnte: auf das Dach der Oper.

Dort angekommen, begann sie, einen Brief an Henri zu schreiben! Sie wusste zwar, dass es keinen Sinn machte. Wohin sollte sie den Brief denn schicken? An Henri Duquet – Paris 1905? Doch dann hatte sie eine Idee: Sie versteckte den Brief hinter dem losen Ziegelstein, ihrem heimlichen Versteck. So konnte sie wenigstens an ihre gemeinsame Tradition anknüpfen. Dann nahm sie ihr Telefon in die Hand.

»Liebes Tagebuch, heute war ein merkwürdiger Tag, ich weiß gar nicht, was ich sagen soll … Ich wünschte, Henri wäre hier.« Plötzlich fühlte sich Lena entsetzlich verwirrt. Warum war alles so kompliziert? In Henris Gegenwart wusste sie immer, was richtig war! Traurig ließ sie das Handy sinken. »Ach, Henri, ich vermiss dich so«, schluchzte sie.

Lena hatte nicht bemerkt, dass Max auf dem Dach erschienen war. Gerade hatte er noch gut gelaunt zu ihr hinüberlaufen wollen. Als er jedoch Lena Henris Namen schluchzen hörte, war das Lächeln aus seinem Gesicht verschwunden, und er hatte unauffällig den Rückzug angetreten.

25

Henri fühlte sich zuversichtlich wie lange nicht mehr. Oscar war wirklich ein Schatz! Vergnügt rannte er auf das Dach der Pariser Oper und griff zu Stift und Papier. Er musste Lena unbedingt die sensationelle Neuigkeit mitteilen.

»Liebe Lena!«, schrieb er. »Ich vermisse Dich so schrecklich! Bisher lief leider nichts so wie geplant. Aber nun habe ich einen anderen Weg gefunden, um zu Dir zu kommen! Ich werde für Dich ein Portal bauen! Ich habe jemanden gefunden, der mir dabei hilft! Es gibt zwar noch ein paar offene Fragen, aber es sieht alles vielversprechend aus. Du fehlst mir sehr! Aber nicht mehr lange, dann sind wir wieder zusammen! Dein Henri.«

Doch als er den Brief in das Versteck legte, entdeckte er zu seiner Überraschung, dass dort bereits einer lag. Er kam von Lena! Wie war das möglich? Hastig öffnete er das Kuvert und verschlang ihre Zeilen. Jedes Wort ließ sein Herz vor Freude hüpfen. Aber es tat ihm auch in der Seele weh, zu erfahren, wie unglücklich Lena war. Der nächste Versuch, sie zurückzuholen, musste unbedingt klappen! Ohne Zeit zu verlieren, kehrte Henri zu Oscar in den Uhrenladen zurück.

»Du wirst nicht glauben, was ich gefunden habe!«, rief er, als er in den Laden stürmte.

»Was soll das sein?«, fragte Oscar mit Blick auf den Umschlag, den Henri ihm entgegenstreckte.

»Ein Brief von Lena! Sie hat mir aus der Zukunft

geschrieben! Er lag in unserem Versteck!«, rief Henri aufgeregt. »Wie kann das sein?«

»Ahh, ich verstehe«, sagte Oscar und lehnte sich mit einem Lächeln zurück. »Du erinnerst dich doch noch daran, dass ich dir von den Liebesschwingungen erzählt habe?« Henri nickte. »Nun, das ist die Kraft, die hier gewirkt hat. Zwischen euch besteht eine so starke Verbindung, dass Lenas Brief durch die Zeit zu dir reisen konnte.«

»Aber wie kann mir Lena einen Brief schicken, obwohl sie doch in dieser Blase gefangen ist?«, fragte Henri.

»Nun«, sagte Oscar und schob sich die Brille auf die Stirn, »das funktioniert leider nur mit unbelebten Objekten und nicht mit Personen oder schweren Gegenständen. Stell dir die Sache vor wie Federn, die in einem Fluss schwimmen. Normalerweise werden sie von der Strömung einfach nur mitgerissen, aber in deinem Fall …« Er tippte auf den Umschlag. »In deinem Fall besteht eine Krümmung im Raum-Zeit-Kontinuum, die diesen Fluss und die Federn umleiten kann.«

»Das klingt sehr kompliziert«, stellte Henri fest.

»Die meisten Menschen denken, dass die Zeit nur in eine Richtung fließt. Aber wir beide wissen natürlich, dass das nicht so ist«, erklärte Oscar, fügte dann aber noch hinzu: »Ich weiß das zumindest … und du wüsstest es auch, wenn du dich mit dem Buch beschäftigt hättest, das ich dir gegeben habe.«

»Sobald ich Zeit habe, lese ich weiter«, versprach Henri. »Aber im Moment ist das Portal wichtiger!«

»Hast du denn an all die Sachen gedacht, um die ich dich gebeten hatte?« Oscar sah Henri prüfend an.

Henri nickte. »Aber manches von dem Zeug ist nicht gerade leicht aufzutreiben.«

Henri kramte ein Stück Papier aus seiner Hosentasche. »Hier zum Beispiel …« Er deutete auf die lange Liste, die ihm Oscar mitgegeben hatte. »Eine Edison-Zelle. Was ist das überhaupt?«

Oscar zuckte mit den Schultern. »Da bin ich genauso schlau wie du, aber wenn unsere Maschine funktionieren soll, dann brauchen wir eine.«

»Wird sie denn funktionieren?«, fragte Henri besorgt.

»Versprechen kann ich dir da leider gar nichts«, sagte Oscar und seufzte. »Schließlich hat vor uns noch nie jemand versucht, durch Vektorenmanipulation einen Spalt im Quantenfeld zu erzeugen.«

»Aber wenn es uns glückt, könnten wir die Zeitblase öffnen?«, bohrte Henri nach.

»Wenn der Spalt stabil bleibt, dann ja. Aber dafür brauchen wir diese Edison-Zelle. Anscheinend versorgt sie die Maschine mit der dafür notwendigen Energie. Immerhin versuchen wir hier, ein künstliches Portal zu erzeugen, das dürfte nicht einfach sein.«

Nicht einfach hatten es im Moment auch die Zeitsammler. Denn Lenas Zeitmesser hatte Frank, Pinky und Clive gegen ihren Willen ins Jahr 1905 zurückgeschickt. Alle Versuche, ins Jahr 2018 zu gelangen, waren gescheitert. Sie wussten schließlich nicht, dass sich Lena in einer Zeitblase befand. Und so waren sie statt im Paris des 21. Jahrhunderts im alten Ägypten, bei Steinzeitjägern im Süden Frankreichs oder dem Eisenbahnbau in den Vereinigten

Staaten gelandet. Irgendwann waren sie dahintergekommen, dass Lena auf irgendeine Weise vor ihnen geschützt sein musste. Von da an hatten sie sich darauf verlegt, Oscars Uhrenladen von ihrem nahe gelegenen Hauptquartier aus zu beobachten. So war ihnen nicht entgangen, dass Henri regelmäßig Sachen in der Stadt besorgte und in die Nummer 425 der Rue Basque schleppte.

»Warum schnappen wir ihn nicht einfach?«, fragte Pinky genervt, als er sah, wie Henri gerade wieder in die Stadt spazierte. Nach seinem Geschmack lagen sie schon viel zu lange auf der Lauer.

»Weil wir erst wissen müssen, was er vorhat«, erinnerte ihn Frank, während er angestrengt durch sein Fernglas blickte. »Ich bin mir sicher, dass er einen Plan hat, der mit dem Mädchen zu tun hat!«

»Oh, nein!«, rief Pinky. »Ich will auf keinen Fall noch mal probieren, zu ihr zu kommen! Das klappt doch nie!«

»Ja, genau«, meldete sich Clive vom Sofa, »ich habe immer noch Sand in den Schuhen von unserem Ausflug nach Ägypten. Auf ein Kamel bekommt mich keiner mehr!«

»Sei still«, zischte Frank, dem Clives Gejammer auf die Nerven ging. »Es sieht so aus, als ob sie da drüben etwas bauen … etwas Großes.«

»Ich sage noch mal, wir sollten Henri schnappen und ihn zum Reden bringen. Diese Warterei macht mich noch verrückt!«, stöhnte Pinky.

»Damit er uns wieder an der Nase herumführt? Nein, danke«, blaffte Frank ihn an. »Wir warten einfach ab und lassen die beiden für uns arbeiten!«

»Wie meinst du das?«, fragte Pinky.

»Na, es ist doch offensichtlich, dass sie nach einem Weg suchen, um zu diesem Mädchen zu kommen. Ich habe zwar nicht die geringste Ahnung, wie sie das anstellen wollen, aber wenn sie das wirklich schaffen sollten …«

»Dann entkommt er uns ja wieder!«, unterbrach ihn Clive voreilig.

»Nein, du Dummkopf! Natürlich stehlen wir ihnen die Maschine vorher und benutzen sie selbst!«

»Wow«, sagte Pinky, »ein teuflischer Plan!«

»Sag ich doch«, grinste Frank stolz.

26

In den nächsten Tagen lief Lena jeden Tag aufs Dach der Opéra Garnier, um im Kamin nach einem Brief von Henri zu schauen. Er schrieb ihr nun regelmäßig, um sie über die neuesten Entwicklungen beim Bau des Portals auf dem Laufenden zu halten.

Wenn Lena Max beim Ballettunterricht oder den Proben traf, begegneten sie einander mit höflichem, leicht distanziertem Respekt, als wollten sie keinen Zweifel daran aufkommen lassen, dass sie nur Freunde waren. Ansonsten konzentrierte sich Lena voll und ganz aufs Ballett. Vor allem in den Stunden bei Madame Carré trainierte sie härter als je zuvor in ihrem Leben. Denn in wenigen Tagen war eine große Gala im Garnier geplant. Madame Carré würde bald entscheiden, wer die wichtigsten Rollen tanzen durfte.

Selbstverständlich gaben auch alle anderen Schüler in diesen Tagen ihr Bestes, trotzdem brachte Madame Carrés Wahl einige Überraschungen mit sich. Ines durfte ein Solo tanzen. Max und Lena sollten ein Pas de deux einstudieren. Dash musste traurig zur Kenntnis nehmen, dass es bei ihm nur für ein Trio reichte. Schlimmer hatten es jedoch Jeff und Thea getroffen. Beide waren die Zweitbesetzung für Lena und Max, doch sie nahmen diese Mitteilung unterschiedlich auf.

Jeff freute sich. »Ich bin der Ersatz für Max! Das verdanke ich alles Lena, ohne ihre Nachhilfe wäre ich nie so weit gekommen!«

Thea hingegen sah aus, als würde sie gleich explodieren. »Das darf doch nicht wahr sein«, schnaubte sie wütend.

Lena freute sich wie eine Schneekönigin über das Pas de deux. Auch der Gedanke, wieder mit Max tanzen zu dürfen, zauberte gegen ihren Willen ein kleines Lächeln auf ihr Gesicht. Aber sie versuchte, ihre Gefühle nicht zu offen zu zeigen.

»Ein Glück, dass Max und ich so gute Freunde sind«, behauptete sie gegenüber Ines. »So können wir ganz konzentriert und professionell miteinander üben!«

»Wenn's so wäre, wäre das gut«, erwiderte Ines.

Sie wusste, dass bis zur Gala noch jede Menge Arbeit vor ihnen liegen würde.

Das machte auch Madame Carré sofort klar, als alle im Studio für die erste Übungsstunde beisammen waren: »Ich hoffe, ich muss euch nicht daran erinnern, dass ihr die Ballettschule der Pariser Oper repräsentiert. Das ist eine ungemein wichtige Gala. Unter den Gästen werden hochgestellte Persönlichkeiten sein. Ich erwarte also volle Konzentration und Engagement von euch!«

Thea, die neben Jeff auf den niedrigen Bänken am Rand des Studios saß, brodelte immer noch vor Wut: »Das ist doch eine Farce!«

Jeff verdrehte genervt die Augen. »Hey, ich freu mich, einfach zu tanzen.«

»Vielleicht wirst du das ja«, erwiderte Thea. »Es kann ja alles Mögliche passieren, wer weiß das schon.«

»Irgendwie gefällt mir dein Ton nicht«, versuchte Jeff das Gespräch zu beenden.

Aber Thea schien ohnehin mehr mit sich selbst zu sprechen. »Eine Verletzung zum Beispiel … ein schwerer Sturz …«, zählte sie auf.

Jeff wurde ernst: »Du denkst doch hoffentlich nicht darüber nach, etwas zu unternehmen, oder? Du würdest es nicht wagen … na ja … du verstehst schon … Lena zu schaden oder so was in der Art?«

Thea sah Jeff mit großen Augen an. »Oh, Jeffery. Natürlich nicht! Sei doch bitte nicht so melodramatisch.«

Lena hatte von diesem Gespräch zum Glück nichts mitbekommen. Sie war auf Madame Carré konzentriert, die damit begonnen hatte, Ines ihre Solorolle zu erläutern. Als sie damit fertig war, rief die Direktorin auch Max, Jeff und Thea zu sich. »Ich möchte, dass auch die Zweitbesetzung intensivst trainiert«, erklärte sie und ging dann mit ihnen die Choreografie durch: »Dieser Tanz wird kein Dialog, keine Auseinandersetzung zwischen zwei Menschen sein. Im Gegenteil! Ich möchte, dass ihr von Anfang an eine Einheit bildet, als wärt ihr mit unsichtbaren

Schnüren verbunden. Ich möchte, dass ihr miteinander verschmolzen seid, euer Herz im selben Rhythmus schlägt. Habt ihr verstanden?«

Zwar wussten weder Lena noch Max, wie sie diese Verbundenheit üben sollten, dennoch begannen sie sofort eifrig, die Choreografie zu lernen. Innerhalb kürzester Zeit gelang es ihnen, jeden Schritt, jede Drehung und jeden Sprung perfekt auszuführen. Lena war sehr zufrieden mit sich. Umso größer war die Überraschung, als Madame Carré sie mitten in einem Durchgang unwirsch stoppte.

»Lena! Max! Was macht ihr denn da? Ihr seht aus wie Marionetten! Lena, wo ist dein Herz, dein Strahlen?«

Augenblicklich verließ Lena ihre Selbstsicherheit. Was meinte Madame Carré nur? Während Max völlig cool blieb, verwandelte sich Lena in ein Nervenbündel.

»Hey, nimm dir das doch nicht so zu Herzen!«, versuchte Max, Lena aufzurichten.

»Das würde ich normalerweise nicht, aber diese Kritik kommt ja nicht von irgendwem! Sondern von Madame Carré!«, widersprach Lena.

Max dachte nach. »Ich weiß, was du brauchst«, sagte er schließlich. »Eine Chill-Session.«

Lena sah Max mit einem derart gestressten Gesichtsausdruck an, dass er lachen musste.

»Das meine ich ernst. Jetzt ist Chill-Grisky-Zeit mit meiner offiziellen Anti-Stress-Methode. Das mache ich immer, wenn die Dinge nicht so laufen, wie sie sollen.«

Mit diesen Worten nahm er Lena bei der Hand und zog sie mit sich aufs Dach des Garnier. Es war ein lauer Abend. Die letzten Sonnenstrahlen ließen die Wolkenränder rotgolden glühen. Aber Lena hatte keinen Blick für ihre Umgebung. Sie war zu angespannt.

»Schließ deine Augen!«, gab Max Anweisung. »Und atme!«

»Ich atme«, entgegnete Lena.

Max schüttelte den Kopf. »Hört sich für mich aber nicht danach an.«

»Du steckst ja auch nicht in meinen Lungen«, lachte Lena.

Aber Max gab ihr zu verstehen, dass sie schweigen sollte.

»Shhh«, machte er. »Jetzt schüttel alles ab.«

»Was abschütteln?«, fragte Lena, aber statt einer Antwort riss Max die Arme in die Höhe und schüttelte seinen ganzen Körper auf eine derart ausgelassene und verrückte Weise, dass er selbst lachen musste. Auch Lena musste kichern.

»So, jetzt du«, forderte sie Max auf.

Aber Lena wich aus. »Auf keinen Fall!«, lachte sie. Unwillig schüttelte Lena ein wenig ihre Arme.

»Da geht noch was«, stellte Max fest.

»Ich verstehe den Sinn dieser Übung nicht«, versuchte sich Lena aus der Situation zu winden.

Max schüttelte sich erneut wie ein Verrückter. Lena lachte. Dann probierte sie es noch mal. Diesmal stärker. Sie schüttelte ihre Beine, ihre Hüften, ihren Bauch, ihre Schultern, ihren Kopf. Max und sie stießen die seltsamsten Geräusche aus. Sie konnte nicht glauben, dass sie sich gerade zum Affen machte, aber es tat ihr gut. Erst als sie ganz erschöpft war, sank sie auf das vom Sonnentag erwärmte Dach.

»Danke«, sagte Lena, nachdem sie wieder zu Atem gekommen war. »Es geht mir schon viel besser.« Für einen Moment sahen sie sich schweigend an. »Weißt du«, begann sie schließlich, »ich kann mit Kritik nicht gut umgehen, aber ich will unbedingt dieses Pas de deux tanzen. Nur für den Fall, dass es meine letzte Chance ist.«

Lena wusste, dass sie für ihre Rückkehr in das Jahr 1905 einen hohen Preis zahlen musste. »Nie wieder Ballett …«, hatte ihre Mutter gesagt.

Max setzte sich zu ihr und sah sie fragend an. »Warum sagst du das?«

Plötzlich fühlte sich Lena tieftraurig. Sie zuckte mit den Schultern und ließ den Kopf hängen: »Man kann nie wissen, was im nächsten Augenblick passiert.«

»Und was, wenn es nicht das letzte Mal ist? Was, wenn wir später ins Ensemble aufgenommen werden und der größte Choreograf aller Zeiten – womit ich natürlich mich selbst meine – ein Ballettstück nur für dich erschafft?«, versuchte sie Max aufzumuntern.

Lena sah nachdenklich in den Himmel. Die ersten Sterne blinkten. Max stand auf und zog Lena zu sich hoch. Lenas Melancholie schien ihn angesteckt zu haben.

»Du hast schon recht, man weiß nie, was einen erwartet«, sagte er leise. »Lass uns tanzen, hier und jetzt.«

Lena zögerte, aber dann trat sie einen Schritt näher und legte ihren Kopf auf Max' Schulter. Und so tanzten sie eng umschlungen langsam über das Dach des Garnier. In diesem Moment schienen sie wie eine nicht zu trennende Einheit, zwei Herzen, die im selben Rhythmus schlugen.

27

Henri erwachte bester Laune. Er hatte tief wie ein Stein geschlafen. Denn nach tagelanger harter Arbeit war es endlich so weit. Die Maschine, an der sie so lange getüftelt hatten, war fertig. Heute würden Oscar und er sie in Betrieb nehmen und in das Jahr 2018 reisen. Endlich! Gestern – noch spät in der Nacht – hatte er Lena einen letzten Brief auf dem Dach des Garnier hinterlassen. Sein Plan schien ihm diesmal extrem raffiniert: Statt ins Garnier sollte Lena heute Abend zur Alexandre-Trois-Brücke kommen. Auch hier gab es ein Portal. Doch es würde – anders als das im Garnier – nicht von den Zeitsammlern belagert sein!

Gut gelaunt kleidete Henri sich an und verließ die kleine Kammer, die ihm Oscar direkt über der Werkstatt zugewiesen hatte. Doch plötzlich fiel ihm auf, wie überraschend still es im Haus war. Normalerweise hörte er Oscar um diese Zeit schon geschäftig herumräumen. Von bösen Vorahnungen getrieben, eilte er die steile Treppe hinunter. Im Erdgeschoss traf ihn fast der Schlag. Dort lagen umgeworfene Regale und Kisten. Er sah durchwühlte Fächer und Schubladen, deren Inhalt über den ganzen Boden verstreut worden war. Inmitten dieses Chaos saß Oscar wie ein Weihnachtsgeschenk verpackt an eine Säule gefesselt! Sofort befreite Henri ihn aus seiner misslichen Lage.

»Was hat man mit Ihnen gemacht?«, fragte Henri besorgt. »Waren das Einbrecher?«

»Schlimmer als das!« Oscar rieb sich die schmerzenden

Handgelenke. »Mit Einbrechern wäre ich schon fertiggeworden, aber diese Kerle wussten wirklich genau, was sie wollten.«

Henri ahnte schlimmes. »Bitte sagen Sie nicht, dass …«

»Leider doch«, nickte Oscar. »Die Zeitsammler. Sie haben die Portal-Maschine mitgenommen, damit war unsere ganze Arbeit umsonst!«

Henri stöhnte laut auf. Wütend ballte er seine Hand zur Faust und schlug heftig auf den Tisch. Eines war ihm klar: Er würde nicht aufgeben. Denn heute erwartete Lena ihn an der Alexandre-Trois-Brücke!

28

Frank knetete nachdenklich seine Finger. Eigentlich hätte der Zeitsammler allen Grund zur Freude haben sollen. Sein teuflischer Plan, die Portal-Maschine zu stehlen, hatte reibungslos geklappt. Sie stand jetzt in ihrem Hauptquartier. Der Haken an der Sache war jedoch: Sie funktionierte nicht. Obwohl er an jedem Hebel gezogen, jeden Knopf gedrückt und jedes Rad gedreht hatte, war es ihm nicht gelungen, die Maschine zu aktivieren, geschweige denn ein Portal zu öffnen. Dabei war sich Frank sicher, dass sie fertig war. Verärgert ging er seine Aufzeichnungen noch einmal durch. Er musste etwas übersehen haben, ein Detail vielleicht.

»Ich hab ja gleich gesagt, wir hätten den Uhrmacher auch mitnehmen sollen!«, sagte Pinky.

»Und du meinst, er würde uns einfach so verraten, wie die Maschine funktioniert?«, schnauzte Frank.

»Was haltet ihr davon, wenn wir sie ihm zurückbringen? Wir könnten doch sagen, dass es uns leidtut! Und wenn wir dann nett bitten ...«, setzte Clive an, doch Franks eisiger Blick ließ ihn verstummen.

»Frank, du bist unser Boss, sag du uns doch, was wir machen sollen!«, maulte Pinky.

Aber Frank blieb ihm die Antwort schuldig. Er brütete weiter über seinem Notizbuch.

»Leute, ich glaube, ich komme in den Unterzucker!«, rief Clive. »Ich brauch jetzt was Süßes vom Bäcker! Am liebsten Zimtschnecken.«

Schon war Clive aufgesprungen und hatte die Wohnungstür aufgerissen. Zum allgemeinen Erstaunen purzelte ihm jemand entgegen. Henri! Es war offensichtlich, dass er am Schlüsselloch heimlich gelauscht hatte.

»Oh, hallo, Henri!«, sagte Clive verdutzt. Da hatten Frank und Pinky ihn schon überwältigt und gefesselt.

»Schau mal, wen wir da haben! Konntest wohl nicht erwarten, uns wiederzusehen?«, grinste Pinky.

»Lasst mich los, ihr Diebe!«, schnaubte Henri. »Ihr habt mein Porta-Portal gestohlen!«

»Porta-Portal?«, fragte Frank amüsiert. »Gefällt mir! Nun, wie du schon sehr richtig erkannt hast, gehört es jetzt uns!«

»Und jetzt holen wir uns den Zeitmesser deiner Freundin!«, rief Pinky.

Aber Henri lachte: »Dazu müsstet ihr die Maschine erst mal in Gang kriegen. Viel Glück dabei!«

»Du weißt, warum sie nicht funktioniert?«, fragte Frank scharf.

»Ja, ich weiß, warum sie nicht funktioniert«, bestätigte Henri. Er rappelte sich auf. »Aber wenn ich euch helfe, müsst ihr auch etwas für mich tun.«

»Pah, ich wette, das geht auch anders!« Pinky baute sich bedrohlich vor Henri auf.

Doch Frank pfiff ihn zurück: »Lass uns erst hören, was er zu sagen hat.«

»Mein Vorschlag ist folgender«, erklärte Henri. »Ich helfe euch mit dem Porta-Portal – und im Gegenzug nehmt ihr mich mit!«

»Wenn du glaubst, dass wir dir den Zeitmesser deines Vaters überlassen, hast du dich aber gehörig geschnitten, mein Freund!« Frank wusste nicht so recht, was er von diesem ungewöhnlichen Angebot halten sollte.

»Der Zeitmesser ist mir vollkommen egal«, sagte Henri. »Ihr könnt ihn meinetwegen haben. Ich will nur Lena Grisky!«

»Hast du nicht gesagt, wir brauchen das Mädchen, um an Henri heranzukommen?«, wunderte sich Clive.

»Sei still!«, zischte Frank. Dann wandte er sich lächelnd an Henri: »Gut, abgemacht! Du bekommst deine Freundin und wir bekommen den Zeitmesser.«

»Willkommen im Team!« Pinky schlug Henri anerkennend auf die Schulter.

»Aber jetzt raus mit der Sprache: Was fehlt dem Porta-Portal? Sag es!«, forderte Frank.

»Ich würde sagen: Energie«, erklärte Henri. »Ihr habt nämlich die Edison-Zellen aus Oscars Laden nicht mitgenommen. Das waren die fünf schwarzen Kisten mit Kabeln dran«, fügte er hinzu, als er die verständnislosen Blicke der Zeitsammler sah.

»Du hast die Dinger stehen lassen?«, herrschte Frank Pinky an.

»Die waren so schwer!«, versuchte der sich herauszureden.

»Verdammt«, entfuhr es Frank. »Wozu braucht man diese Edison-Zellen überhaupt?«

»Na ja«, sagte Henri, »das Porta-Portal benötigt Elektrizität und die Edison-Zellen sind Akkumulatoren, ohne die geht es nicht.«

»Also ich habe einen Akku«, mischte sich Clive plötzlich in das Gespräch ein.

»Du hast was?«, wunderte sich Frank.

»Einen vollen Akku«, sagte Clive stolz und zog ein Handy aus seiner Tasche. »Den habe ich aus dem Jahr 2018 mitgenommen. Damit kann man mit Leuten sprechen, die ganz woanders sind! Aber irgendwie habe ich nirgends Empfang!« Er hielt das Handy prüfend in die Luft.

»Oh, Clive!« Pinky schlug sich mit der flachen Hand auf die Stirn.

»Was meinst du?«, wandte sich Frank an Henri. »Kommen wir mit Clives Akku weiter?«

Henri zuckte mit den Schultern. »Einen Versuch ist es wert.«

29

Als Lena und Max am Tag vor der Aufführung das letzte Mal gemeinsam probten, war für alle offensichtlich, dass sich etwas verändert hatte. Sie strahlten eine Vertrautheit aus, die ihrer Darbietung einen magischen Glanz verlieh. Madame Carré war hochzufrieden mit dieser Entwicklung.

Ganz anders sah es bei Jeff und Thea aus. Jeff, der das Training gerne locker und entspannt anging, war das vollkommene Gegenstück zu seiner Tanzpartnerin. Denn Thea wollte jederzeit – auch außerhalb des Unterrichts – mit Jeff hart und unnachgiebig trainieren. Jeff blieb nichts anderes übrig, als sich regelrecht vor ihr zu verstecken. Als Thea ihn am Tag vor der Premiere in einer Ecke des Aufenthaltsraums beim Videospielen erwischte, riss sie ihm verärgert den Controller aus der Hand.

»Lass den Quatsch. Wir haben Wichtigeres zu tun!«, schimpfte sie.

»Ugh, du schon wieder!«, stieß Jeff hervor. »Lass mich doch mal chillen! Ich brauch einen Platz, wo ich meine Ruhe haben kann. So wie Lena auf dem Dach!«

»Was redest du da?« Thea wurde hellhörig. »Was ist mit Lena?«

»Oh Mann, sie chillt halt auf dem Dach, wenn sie mal für sich allein sein möchte. Und das brauche ich jetzt auch«, antwortete Jeff und lief in sein Zimmer.

Aber er hätte gar nicht flüchten müssen, denn Thea stürmte ebenfalls davon. Auch ihr war nicht entgangen, wie harmonisch Max und Lena heute getanzt hatten. In einem Anfall von Eifersucht rannte Thea geradewegs auf das Dach des Garnier. Wütend sah sie sich um. Sie war sich sicher, sie würde Max und Lena bei einem heimlichen Treffen überraschen! Doch von beiden keine Spur! Frustriert setzte sich Thea neben den Kamin und starrte düster vor sich hin. Da bemerkte sie, dass einer der Ziegelsteine lose war. Er ließ sich ganz leicht herausnehmen. Thea griff in die Lücke und zog zu ihrer Überraschung einen Brief hervor. Ohne zu zögern, öffnete sie ihn.

»Liebste Lena …«, las Thea. »Ich habe einen Plan. Du musst Dich unbedingt genau an diese Anweisungen halten, auch wenn sie Dir sinnlos vorkommen. Morgen Nacht ist es soweit! Komm um 21 Uhr zur Alexandre-Trois-Brücke …«

Thea atmete tief durch. Dieser Brief kam ihr wie gerufen!

30

Am Tag der Gala war unter den Schülern die Aufregung beinahe mit Händen zu greifen. Die Einzige, die eine geradezu übernatürliche Ruhe ausstrahlte, war Thea. Dies fiel als Erstes Kennedy und Bree auf.

»Stell dir vor, sie hat heute nur zwei Stunden trainiert!«, flüsterte Kennedy, während sie im Aufenthaltsbereich der Schule auf Thea warteten, um gemeinsam zur Opéra Garnier zu gehen.

»Ob das Ende der Welt bevorsteht?«, wunderte sich Bree.

»Keine Ahnung«, erwiderte Kennedy. »Aber mach dich besser auf alles gefasst.«

In diesem Moment erschien Thea mit einem Lächeln auf den Lippen und verstärkte mit ihrer überschwänglichen Nettigkeit Kennedys und Brees Befürchtungen.

»Los, Mädels. Wir wollen doch an diesem großen Tag nicht zu spät kommen!«, rief sie fröhlich. Die beiden sahen sich erschrocken an. Hier stimmte etwas nicht – das war sicher!

Auch Lena hätte beunruhigt sein müssen. Denn als sie im Studio ihre Aufwärmübungen machte, erschien Thea lächelnd im selben Kostüm und stellte sich neben sie an die Stange, um ebenfalls ihre Muskeln zu dehnen. Doch bevor Lena Theas seltsames Verhalten auffallen konnte, kam Max mit den anderen hereingestürmt.

»Soll ich euch was Tolles erzählen?«, rief er grinsend. »Wir haben morgen eine Challenge mit dem BLOK!«

Jeff, Dash und Ines waren schon eingeweiht. Jeff jubelte: »Das ist eine einmalige Chance! Das ist so cool!«

»Erzählt mir mehr!«, forderte Lena.

»Also es ist ein europaweiter Wettbewerb«, erklärte Max. »Alle Underground-Gruppen tanzen morgen um Punkt 19 Uhr in ihren Heimatstädten, filmen alles und stellen es ins Netz. Eine Jury wählt die Besten aus, die sich in ein paar Wochen hier in Paris treffen, um gegeneinander anzutreten.«

»Wow, da müssen wir als BLOK unbedingt mitmachen!«, rief Lena begeistert.

Aber da schaltete sich Thea ein. »Wir werden auf gar keinen Fall teilnehmen.«

»Richtig«, stimmte ihr Dash überraschend zu. »Das kommt nicht infrage. Wenn wir unseren Auftritt ins Internet stellen, ist es bloß eine Frage der Zeit, bis Madame Carré über den BLOK Bescheid weiß.«

Mit diesem Einwand hatte Dash zweifelsfrei recht. Madame Carré hatte es ihren Schülern ausdrücklich verboten, an Wettbewerben außerhalb der Schule teilzunehmen. Dass es sich dabei um einen Hip-Hop-Contest handelte, machte die Sache nur noch schlimmer. Ohne Frage würden sie von der Schule geworfen werden.

Aber Lena hatte eine Idee. »Wartet!«, rief sie und rannte ohne weitere Erklärung los. Nach einer Viertelstunde kehrte sie freudestrahlend zurück. »Wir nehmen auf jeden Fall teil!«, rief sie triumphierend. »Ich habe die Frau aus der Requisite beschwatzt. Sie leiht uns auf die Schnelle diese sechs Masken!«

Mit diesen Worten reichte sie jedem eine schneeweiße Maske.

»Genial«, freute sich Max. »So kann uns niemand erkennen!«

In dem Moment meldete eine Stimme über Lautsprecher: »60 Minuten bis zum Beginn der Vorstellung.«

»Na, denn. Konzentrieren wir uns erst mal auf die Gala heute! Hals und Beinbruch uns allen«, wünschte Dash.

In diesem Moment klingelte Max' Telefon. Er sah überrascht auf das Display, doch ging nicht ran. Rasch steckte er das Telefon wieder weg, damit niemand sehen konnte, von wem der Anruf gekommen war. Mit Sicherheit hätte dies für große Verwunderung gesorgt, denn auf dem Display waren nur drei Buchstaben zu lesen: »Dad.«

31

Im Hauptquartier der Zeitsammler umstanden Frank, Clive und Henri nervös das Portal.

»Ich glaube, ich hab's!«, rief Pinky, der kopfüber in der Maschine steckte. Seit Stunden versuchte er, den Akku einzubauen. Erleichtert zogen Frank und Clive ihn heraus und stellten ihn auf die Beine.

»Nun, Henri«, sagte Frank feierlich. »Du hast das Porta-Portal gebaut – du darfst es auch anschalten.«

Henri nickte und trat vor. Nervös wischte er sich die Schweißperlen von der Stirn und betätigte den Hebel. Sogleich ertönte ein Summen und Knistern, die Zahnräder im Inneren begannen zu rattern. Die Maschine erwachte zum Leben! Ein Pfeifton schwoll durchdringend an und verstummte, als mit einem »Klack« ein gespenstisch blaues Licht sich um das Porta-Portal ausbreitete. Wenn alles geklappt hatte, war die Maschine jetzt betriebsbereit! Ehrfürchtig strich Henri über das vibrierende Metall. Aber da spürte er plötzlich Pinkys eisernen Griff um seinen Arm.

»Tut mir wirklich leid, dir das mitteilen zu müssen, Henri, alter Knabe«, spöttelte Frank, »aber an dieser Stelle endet unsere Zusammenarbeit. Würde dich ja gern mitnehmen, aber – na ja, du weißt.«

»Wir hatten eine Abmachung!«, protestierte Henri, aber vergebens.

Clive beeilte sich, Henri an einen Stuhl zu fesseln. Kalt lächelnd stellte Frank die Maschine auf 2018 ein.

»Wir sehen uns«, verabschiedete er sich und betrat die Maschine. Das Portal blinkte hell auf, dann war er verschwunden. Auch Clive und Pinky machten sich bereit, das Jahr 1905 zu verlassen.

»Tschö mit ö!«, rief Pinky, bevor er in die Portal-Maschine stieg.

Henri seufzte. Zum Glück hatte Clive noch immer nicht gelernt, einen vernünftigen Knoten zu knüpfen. Ohne Mühe streifte Henri die Fesseln ab. Er mochte bisweilen überstürzt handeln, aber ein Dummkopf war er nicht. Er hatte fest damit gerechnet, dass die Zeitsammler ihn betrügen würden.

»Na, mal sehen, wie euch das gefällt …«, sagte Henri, während er die Einstellungen am Portal-Rad verstellte. »Wir werden schon sehen, wer hier wen gefangen hat!«

Zufrieden fuhr er sich durch die Haare. Gleich würde er Lena in seinen Armen halten! Bald waren sie wieder vereint!

32

Zusammen mit Ines ging Lena in die Garderobe, um sich für den Auftritt fertig zu machen. Lena kämmte noch einmal ihr Haar, flocht es zu einem straffen Zopf und steckte ihn als Dutt hoch. Dann befestigte sie sorgfältig ein goldenes Krönchen in ihrem Haar. Zum Schluss legte sie sich ihren Anhänger um den Hals.

»Hoffentlich bringt es mir diesmal Glück«, sagte sie zu

Ines. Gemeinsam betrachteten sie sich im Spiegel. »Ich bin so froh, wieder hier auf der Bühne zu stehen«, sagte Lena.

Ines pflichtete ihr bei. »Ja, es ist etwas ganz Besonderes.«

Die Tür öffnete sich und Madame Carré trat ein. »Ihr seht bezaubernd aus«, lobte sie die Mädchen. »Genießt jeden Moment dieses Abends, ihr habt es euch verdient.«

Schon klingelte es erneut. Lena und Ines huschten über den Korridor zur Bühne. Sie konnten das Stimmengewirr vom Zuschauerraum hören, das leiser wurde und schließlich verstummte. Der Vorhang öffnete sich. Scheinwerferlicht flammte auf. Ines atmete einmal tief durch, trat vor das Publikum und begann mit ihrem Solo. Sie war wunderschön anzusehen. Auch wenn sie es sonst etwas wilder mochte, bewegte sie sich hier auf der Bühne derart zauberhaft, als habe ihre »innere Elfe« das Kommando übernommen. Lena betrachtete fasziniert ihren Tanz. Plötzlich spürte sie, wie jemand neben sie trat. Es war Thea. Sie trug noch immer dasselbe Kostüm wie Lena. Auch auf ihrem Kopf blitzte ein Krönchen.

»Was hast du vor?«, fragte Lena irritiert.

Thea sagte kein Wort. Mit einem liebenswürdigen Lächeln überreichte sie Lena den Brief. Lena erschrak, als sie Henris Schrift erkannte.

»Woher hast du das?«

»Mach dir darüber mal keine Sorgen und lies«, erwiderte Thea.

Rasch überflog Lena den Brief. »Alexandre-Trois-Brücke? Um neun Uhr?«, stieß sie hervor. »Warum nicht hier im Garnier?«

»Oh nein. Es ist ja schon acht! Ich konnte dir den Brief

leider nicht früher geben, sonst hättest du euer Treffen vielleicht verschoben …«, erklärte Thea.

»Wie kannst du mir das antun?«, sagte Lena. Sie hätte Thea am liebsten geschüttelt. »Du weißt gar nicht, was dieses Treffen mit Henri für mich bedeutet!«

»Aber ich weiß, dass du entweder deinen Freund treffen oder tanzen kannst«, ließ Thea die Katze aus dem Sack. »Wenn du meine Meinung hören willst: Dieser Brief hört sich ziemlich dringend an. Aber … na ja, du wirst schon wissen, was am besten für dich ist …«

In diesem Moment beendete Ines ihren Auftritt. Die Scheinwerfer verloschen und Max betrat von der anderen Seite die Bühne.

»Du hast noch zehn Sekunden, dich zu entscheiden. Dann setzt die Musik ein.« Theas Stimme war eiskalt.

Lena sah zu Max. Dann sah sie zu Thea. »Es ist noch nicht vorbei«, stieß sie hervor. Dann rannte sie los. Sie wollte zu Henri!

Thea zögerte keine Sekunde länger. Bevor der erste Ton der Musik erklang, sprang sie auf die Bühne und nahm triumphierend Lenas Rolle ein.

33

Lena war noch nicht weit gekommen, als sie beinahe mit Ines zusammenstieß.

»Was ist los?«, fragte Ines überrascht. Sie wusste, dass Lena auf der Bühne sein sollte.

»Keine Zeit für Erklärungen. Henri ist gekommen! Aber nicht hierher! Ich muss ihn an der Alexandre-Trois-Brücke treffen!«, rief Lena aufgewühlt.

In diesem Moment entdeckte Lena in der Ferne die Zeitsammler. Auch Frank hatte sie gesehen. Er zeigte mit dem Finger auf sie.

»Die haben mir gerade noch gefehlt!«, rief Lena. Hastig wandte sie sich an Ines. »Du bist die beste Freundin, die man sich wünschen kann! Es tut mir so leid, dass wir uns nie wiedersehen werden!« Dann nahm sie den Zeitmesser und reichte ihn ihr. »Das ist es, was sie wollen, versuch, sie damit aufzuhalten! Ich muss zu Henri!«

»Alles klar«, erwiderte Ines, zu allem bereit, um die Zeitsammler aufzuhalten. Sie sah, wie Frank, Clive und Pinky sich durch eine Gruppe wartender Ballettschüler hindurchdrängelten. Dann stoben sie auseinander, um Lena den Weg abzuschneiden. Lena blieb zur Flucht nur noch der Weg quer über die Bühne! Einen kurzen Moment zögerte sie, dann sprang sie Pirouetten wirbelnd auf die Bühne. Sie sah Max, der sie für eine Sekunde verwirrt anschaute. Lena wurde schwer ums Herz. Nicht nur dass sie Ines verlor, auch Max würde für immer aus ihrem Leben verschwinden. Wie gerne würde sie sich von ihm verabschieden! Einem Impuls folgend, hielt sie direkt auf ihn zu – und küsste ihn beim Vorbeitanzen mitten auf den Mund! Aus dem Saal erklang Gemurmel des Unmuts. Madame Carré, die in der ersten Reihe saß, wurde leichenblass. So etwas hatte es im Garnier noch nie gegeben. Ein Skandal! Doch Lena bekam von der von ihr verursachten Aufregung nur wenig mit. Es war ihr auch egal. Schließlich würde sie heute Nacht wieder in das Jahr 1905 zurückkehren! 2018 spielte keine Rolle mehr! Blitzschnell glitt sie weiter zum Bühnenrand und verschwand. Ohne sich noch einmal umzusehen, rannte sie aus dem Gebäude. Frank, Pinky und Clive sahen ihr frustriert hinterher. Doch da entdeckte Frank den Zeitmesser in Ines' Hand.

»Suchst du vielleicht das hier?«, fragte Ines. Aufreizend ließ sie den Uhrenanhänger vor seiner Nase baumeln.

Doch bevor Frank zugreifen konnte, wurde er von Pinky zur Seite geschoben. Mit verliebtem Lächeln betrachtete er Ines ungeniert von oben bis unten: »Ich muss wohl ein Problem mit meinen Augen haben, ich kann sie einfach nicht von dir abwenden«, säuselte er.

»Bitte, was?«, fragte Ines.

»Wenn Schönheit Zeit wäre, dann wärst du die Ewigkeit«, schäkerte Pinky weiter, wurde aber von Frank unsanft in die Rippen gestoßen. Wütend riss er Ines den Zeitmesser aus der Hand.

»Wo will Lena hin? Raus mit der Sprache!«, knurrte er.

»Vergiss es!«, sagte Ines.

Zum Glück waren mittlerweile zwei Sicherheitsleute auf die Zeitsammler aufmerksam geworden. Über Funk meldeten sie »Unbefugte« auf der Bühne und liefen ihnen hinterher. Sofort nahmen die Zeitsammler Reißaus und rannten mit ihrer Beute Richtung Garnier-Portal. Doch als sie durch die geöffnete Tür rennen wollten, wurden sie von einer massiven Ziegelsteinwand schmerzhaft gebremst.

»Jungs? Ich glaube, das Portal ist verschlossen ...«, schlussfolgerte Clive und rieb sich die Schulter.

Frank platzte fast vor Wut. Er hatte eine blutige Beule

an der Stirn. »Hat einer von euch etwas mit dem Portal angestellt, bevor wir gegangen sind? Und damit meine ich dich, Clive«, brüllte er ungehalten.

»Warum musst du immer auf mir rumhacken?«, jammerte Clive. »Ich habe Henri ja nicht gesagt, dass ich seine Fesseln nicht fest angezogen habe.«

Wären in diesem Augenblick nicht die Sicherheitsleute auf der Bildfläche erschienen, hätte Frank Clive womöglich Gewalt angetan. Doch so rannten die Zeitsammler nur eilig aus der Opéra Garnier, um im nächtlichen Paris unterzutauchen.

Auch Lena eilte durch die mondhellen Straßen der Stadt. Die Leute, die ihr entgegenkamen, sahen ihr überrascht hinterher. Ein Mädchen mit Tutu und goldenem Krönchen, bot einen außergewöhnlichen Anblick. Da sie den Weg zur Alexandre-Trois-Brücke nicht kannte, lief sie geradewegs zur Seine und dann am Ufer entlang, bis der erste Übergang in Sichtweite kam. Erleichtert stellte sie fest, dass es sich um die gesuchte Brücke handelte, die sich reich verziert und mehr als 100 Meter lang quer über den Fluss spannte.

Und da! Auf der anderen Seite entdeckte sie Henri! Er wartete auf sie! Lena traten die Tränen in die Augen. Es war so lange her, dass sie sich das letzte Mal gesehen hatten. So rasch wie es ihre Spitzenschuhe erlaubten, rannte sie ihm entgegen. Als Henri Lena sah, begann auch er zu laufen.

»Lena!«, rief er.

»Henri! Endlich!« Lena strahlte vor Glück. Im Rennen

winkte sie ihm mit beiden Händen, machte Luftsprünge und warf ihm Küsse entgegen. Henri lächelte breit. Er hatte es geschafft. Gleich würde Lena bei ihm sein. Er breitete seine Arme aus – doch im nächsten Moment griff eine Hand nach ihm und riss ihn hinter eine Säule.

Lena stieß einen entsetzten Schrei aus. »Henri!!!«

Aber Henri war fort, entführt oder geraubt, auf jeden Fall verschwunden. Ungläubig blieb Lena auf der Brücke stehen. Alle ihre Hoffnungen waren mit einem Mal zunichte. Todunglücklich machte sie sich auf den Rückweg. Aber nicht nur der erneute Fehlschlag ließ sie verzweifeln. Mit jedem Schritt wurde ihr bewusster, dass ihr eigenwilliger Abgang heute Abend ein schwerer Fehler gewesen war. Ohne jeden Zweifel erwartete sie in der Ballettschule der Pariser Oper ein dickes Problem.

34

Henri stand verwirrt auf der Alexandre-Trois-Brücke. Fußgänger und Kutschen zogen an ihm vorbei, sein Kopf schmerzte – kein Zweifel, er war wieder im Jahr 1905. Neben ihm stand sein Vater.

»Wie immer hast du keine Ahnung, was du gerade angestellt hast!«, schimpfte er.

Henri protestierte: »Warum hast du mich aufgehalten? Ich war so kurz davor, Lena zu treffen!«

Victor schüttelte den Kopf. Er packte Henri am Arm und zog ihn mit sich.

»Du spielst mit dem Feuer, mein Junge. Es gibt Gründe, wirklich schwerwiegende Gründe, warum Zeitreisen außerhalb der Portal-Perioden absolut verboten sind!«

Henri wurde wütend. »Sagt wer?«

Victor blieb stehen. »Das Manifest der Gilde der Zeitreisenden«, erklärte er. »Du hättest beinahe einen Riss im Raum-Zeit-Kontinuum verursacht! Exakt aus diesem Grund dürfen Zeitreisen nur unter Anleitung und gemäß den Regeln erfolgen!«

Henri wurde kurz mulmig. Einen Riss im Raum-Zeit-Kontinuum wollte er natürlich nicht verantworten. Doch dann rief er trotzig: »Du wolltest mir ja nicht helfen!«

»Das gibt dir wohl kaum das Recht, dich mit den Zeitsammlern zusammenzutun. Was hast du dir dabei nur gedacht?« Victors Augen funkelten zornig.

Henri schluckte. Woher wusste sein Vater Bescheid?

»Die Zeitsammler hatten das Porta-Portal gestohlen«, versuchte er sich zu rechtfertigen. »Ich hatte wirklich keine andere Wahl, wenn ich Lena wiedersehen wollte. Und außerdem habe ich sie ausgetrickst: Sie können nicht durch das Portal im Garnier zurück.«

»Zumindest das war eine gute Idee.« Victor zog Henri weiter. »Trotzdem hättest du dich nie mit ihnen einlassen dürfen. Die Zeitsammler haben keinerlei Respekt für die Regeln. Sie würden, ohne mit der Wimper zu zucken, alle Gesetze des Zeitreisens brechen, nur um zu bekommen, was sie wollen. Wenn du dich blind von deinen eigenen Wünschen leiten lässt, ohne an die Folgen zu denken, wirst du wie sie. Selbst für Lena darfst du nicht die Gesetze der Zeitreisenden brechen, mein Junge!«

Henri versuchte, sich aus dem Griff seines Vaters zu winden. Er hatte keine Lust, sich wie ein Gefangener durch Paris führen zu lassen.

»Aber was soll ich machen? Ich habe ihr versprochen, sie zurückzuholen!«, versuchte er, sich zu rechtfertigen.

Victor gab Henris Arm frei. »Ich werde dir ab jetzt helfen«, erklärte er.

»Was, wirklich?« Henri war perplex.

»Eigentlich dachte ich, ich könnte dich vom Zeitreisen abhalten«, sagte Victor. »Du musst wissen, dass wir Zeitreisende vor vielen Jahren einen Eid geschworen haben, die Zeitmesser nicht mehr zu verwenden. Die Gefahren schienen einfach zu groß. Leider haben sich nicht alle daran gehalten, und mir fällt seitdem die Aufgabe zu, die durch Unachtsamkeit anderer entstandenen Schäden in der Zeitlinie wieder zu beheben. Ich habe mich so auf meine Aufgabe konzentriert, dass ich mich manchmal vielleicht zu wenig um dich gekümmert habe.« Er schwieg kurz und sah Henri in die Augen. »Ich war natürlich auch mal jung und verliebt. Ich weiß, was du fühlst! Also: Holen wir Lena zurück!«

Henri wäre seinem Vater am liebsten um den Hals gefallen.

Aber Victor wehrte ihn ab. »Das heißt nicht, dass es leicht wird«, stellte er klar. »Du wirst hart arbeiten müssen und es wird auch nicht schnell gehen. Und diesmal wirst du dich an die Regeln halten!«

Henri nickte begeistert: »Natürlich, vollkommen klar. Regeln, viel Arbeit, keine Tricks mehr! Und womit fangen wir an?«

»Am besten mit dem Abc für Zeitreisende«, seufzte Victor.

35

»Ich kann Ihnen gar nicht sagen, wie leid mir das alles tut.« Lena saß zerknirscht im Büro der Direktorin. Madame Carré hatte sie am Morgen noch vor dem Frühstück zu sich gerufen. Lena ahnte, dass dieses Gespräch nicht gut für sie ausgehen würde. Auf der Stirn der Direktorin zeichnete sich eine steile Zornesfalte ab. Ihr Mund war nur ein schmaler Strich.

»Die Zeitungen machen sich über uns lustig«, erklärte Madame Carré und wedelte mit einer der aktuellen Morgenausgaben. »Zum Glück konnte Thea für dich einspringen, als du Lampenfieber bekommen hast. Aber warum du auf die Bühne gelaufen bist …« Madame Carré fehlten die Worte.

»Ich verspreche Ihnen, dass sich so etwas nicht wiederholen wird«, beteuerte Lena.

»Das wird es ganz sicher nicht«, erklärte Madame Carré scharf und legte die Zeitung zur Seite. »Ich habe deinen Betreuer noch nicht erreicht, aber sobald ich mit ihm gesprochen habe, wirst du die Schule verlassen.«

Lena wurde blass. »Bitte, tun Sie das nicht«, bat sie.

Doch Madame Carré war nicht bereit, zu diskutieren. »Du bist hiermit offiziell der Schule verwiesen, Lena Grisky.«

»Aber ich weiß nicht, wohin ich gehen soll«, flehte Lena. Aber vergebens. Madame Carré hörte ihr schon nicht mehr zu.

Währenddessen wartete Ines im Flur vor dem Büro auf den Ausgang des Gesprächs. Nervös ging sie auf und ab, als ausgerechnet Thea mit Bree und Kennedy vorbeischlenderten. Thea war bester Laune.

»Na, ich frage mich, was Lena da gerade in Madame Carrés Büro macht. Zuerst das Defilee, dann die Aufführung gestern. Ist ja wohl klar, dass sie den hohen Maßstäben der Ballettschule der Pariser Oper nicht gerecht wird.«

»Oh, das sagt die Richtige«, stieß Ines wütend hervor.

Thea blieb stehen. »Wie bitte?«

Ines ließ ihrer Wut auf Thea freien Lauf. »Dir ist kein Trick zu schmutzig, oder? Ich weiß genau, was du getan hast, und ich weiß auch, warum. Dir war jedes Mittel recht, um die Rolle zu bekommen!«, schrie sie.

Nun blieb auch Thea nicht mehr ruhig. »Wohl kaum. Ich meine, wer rennt denn bitte wegen eines Jungen von der Bühne? Das wird man ja noch sagen dürfen, oder?«

»Du hast hier gar nichts zu sagen«, brüllte Ines.

Thea baute sich mit verschränkten Armen vor Ines auf und zischte: »Nichts da, jetzt rede ich! Max ist MEIN Freund! Lena soll es nicht noch einmal wagen, ihn zu küssen!«

In diesem Moment kam Lena völlig zerstört aus Madame Carrés Büro. Ohne ein Wort zu sagen, ja ohne überhaupt jemanden wahrzunehmen, schlich sie an Ines und

Thea vorbei. Mit den schlimmsten Ahnungen lief Ines ihr hinterher.

Erst in ihrem Zimmer rückte Lena mit der Sprache raus: »Die Carré hat mich rausgeschmissen!«, schluchzte sie.

Ines wusste erst nicht, was sie sagen sollte. Das war die größtmögliche Katastrophe. Trotzdem versuchte sie, Lena zu beruhigen.

»Madame Carré kann dich doch nicht einfach wegschicken. Zuerst muss sie mal deinen Betreuer finden, und da der zufällig der Vater deines Freundes aus dem Jahr 1905 ist, dürfte das ziemlich schwierig werden.«

Aber das konnte Lena nicht trösten. »Wenn ihr klar wird, dass er 2018 gar nicht existiert, wird sie das noch weniger davon abbringen, mich vor die Tür zu setzen«, erwiderte sie.

Einige Minuten saßen die Mädchen schweigend da.

»Hast du den Zeitmesser noch?«, fragte Lena schließlich.

Ines schüttelte den Kopf. »Den haben jetzt die Zeitsammler.«

Lena seufzte. Es konnte also doch noch schlimmer kommen. Sie stand auf und ging zu ihrem Bett hinüber, um sich unter die Bettdecke zu flüchten.

»Ich muss nachdenken«, erklärte sie, klang dabei aber fürchterlich resigniert.

Ines verstand vollkommen, was in Lena vorging. Aber sie wusste, dass Rückzug jetzt auch nicht hilfreich war. Sie zog sich ihre Jacke über und lief hinunter in den Aufenthaltsraum. Dort saßen Max, Thea, Jeff und Dash und diskutierten den geplanten Auftritt des BLOK.

»Lena wird rausgeworfen«, platzte Ines in das Gespräch. »Wir müssen etwas tun.«

Die Jungen sahen sie erschrocken an.

Nur Thea war nicht überrascht. »Was habt ihr erwartet? Sie hat sich das doch selbst zuzuschreiben. Welcher Profi rennt denn bitte mitten während der Aufführung von der Bühne wegen so ein bisschen Lampenfieber?«, erklärte sie gehässig.

»Okay, das war klar, unsere Eisprinzessin macht also nicht mit«, wandte sich Ines an die Jungs. »Was ist mit euch? Sollen wir Lena helfen oder wie?«

»Auf jeden Fall!«, erklärten Jeff und Dash unisono. »Das ist doch keine Frage!«

Max zögerte. Unschlüssig suchte er Theas Blick, als würde er sie um Erlaubnis bitten. Doch sie sah demonstrativ in eine andere Richtung. Schließlich nickte Max.

»Lasst uns etwas unternehmen«, sagte er.

Wenig später standen die vier vor Madame Carrés Schreibtisch.

»Ich gebe euch fünf Minuten«, erklärte die Direktorin.

»Wir sind nicht hier, um etwas schönzureden, Madame Carré. Lena hat mit ihrem Verhalten die gesamte Schule blamiert«, begann Ines. »Aber das ist nicht das Einzige, was zählt. Lena ist eine wirklich tolle Freundin für mich! Für uns alle!«

Auf Madame Carrés Gesicht war keine Reaktion zu erkennen.

»Ich war nicht gerade der klassische Balletttänzer, als ich hier angefangen habe. Aber Lena hat so eine ganz spezielle Art, einen zum Lernen zu bringen, wissen Sie? Sie hat mir so viel beigebracht«, schaltete sich nun Jeff ein.

»Sie ist kein bisschen wie die anderen hier. Sie hat diese einmalige Ausstrahlung, die keiner von uns vorher gesehen hat. Völlig Old School«, sagte Dash.

Max stimmte ihm zu. »Mit ihr zusammen zu tanzen hat mich total weitergebracht.«

»Bitte schicken Sie Lena nicht fort«, bat Ines.

Aber Madame Carré schien vollkommen ungerührt.

»Die Zeit ist um«, sagte sie nur und deutete auf die Tür.

36

Als Madame Carré allein in ihrem Büro saß, nahm sie noch einmal Lenas Akte zur Hand. Auch wenn sie es sich nicht hatte anmerken lassen: Ines', Jeffs, Max' und Dashs Eintreten für Lena hatte Eindruck auf sie gemacht. Noch nie hatten sich im Verlauf ihrer Karriere Schüler für einen Mitschüler eingesetzt. Der Konkurrenzdruck an dieser Schule war einfach zu groß. Normalerweise war jeder froh, einen Konkurrenten weniger zu haben.

Madame Carré dachte nach. Schließlich gab sie im Sekretariat Bescheid, dass sie Lena noch einmal zu sehen wünschte.

Kaum hatte Lena diese Nachricht erhalten, machte sie sich auf den Weg. Sie hatte in der Zwischenzeit ihren Platz unter der Bettdecke aufgegeben und einen langen Entschuldigungsbrief an die Direktorin geschrieben. Diesen hielt sie fest umklammert. Auf ihrer Stirn leuchteten rote Flecken.

»Vielen Dank, dass Sie sich bereit erklärt haben, mich zu sehen«, begann Lena, als sie vor Madame Carré Platz nahm. »Mir tut das alles wirklich sehr, sehr leid, und ich hoffe inständig, dass Sie es sich vielleicht doch noch einmal überlegen und mir erlauben, zu bleiben. Ich habe Ihnen einen Brief geschrieben ...«

»Und darin bittest du mich, dich nicht nach Hause zu schicken?«, fragte Madame Carré.

»Ich bin doch hier zu Hause, Madame Carré. Ich bin zu Hause, wenn ich tanze, und hier ist der beste Ort auf der ganzen Welt dafür. Ich verspreche Ihnen, dass ich noch härter arbeiten werde und Sie und die Schule mit Stolz erfüllen werde. Und natürlich werde ich nie wieder eine Aufführung stören!«, erklärte Lena leidenschaftlich.

»Ich kann deine Liebe für den Tanz verstehen«, wurde sie von Madame Carré unterbrochen. »Ich habe es mir gründlich überlegt ... Du darfst bleiben.«

Lena traute ihren Ohren nicht! War das möglich? Sie musste nicht fort?

Aber die Direktorin war noch nicht fertig. »Aber du wirst nie in das Ensemble aufgenommen werden«, erklärte sie. »Dafür hast du nicht das Zeug, sonst bräuchtest du keine zweite Chance.«

Außer sich vor Freude verließ Lena das Büro. Sie war noch immer Schülerin der Pariser Oper! Ja, die Kritik von Madame Carré war vernichtend: Sie hatte nicht das Zeug, jemals ins Ensemble aufgenommen zu werden. Dies war ein Makel, der Lenas Stimmung aber nur leicht trübte. Denn am wichtigsten war: Sie konnte bleiben, sie konnte tanzen! Hier am Garnier! Und dann würde Henri kommen und sie retten!

»Lena, wo warst du denn? Wir haben dich schon überall gesucht«, wunderte sich Jeff, als sie freudestrahlend in den Aufenthaltsraum gehüpft kam.

»Gute Laune?«, fragte Dash. »Was hat das zu bedeuten?«

»Ich war noch einmal bei Madame Carré!«, sagte Lena. »Ich weiß nicht, was passiert ist, aber: Ich darf bleiben!«

Dash, Ines, Jeff und Max schrien vor Begeisterung gleichzeitig auf. Lena wurde von allen umarmt. Die Freude kannte keine Grenzen. Nur Thea stand scheinbar gleichgültig daneben.

»Hat das etwas mit euch zu tun?«, fragte Lena, nachdem sich alle etwas beruhigt hatten. Einhellig schüttelten Ines, Jeff, Dash und Max den Kopf.

»Nein, auf keinen Fall!«, riefen sie und lachten.

Dann sah Max erschrocken auf die Uhr. »Wir müssen los!«, sagte er. »Wir haben noch einen Wettbewerb zu bestreiten! Hast du das etwa vergessen?«

»Nein, natürlich nicht!«, antwortete Lena. »Geht nur vor, ich hole rasch meine Tasche!«

So schnell sie konnte, rannte Lena auf ihr Zimmer. In Windeseile hatte sie alle ihre Sachen beisammen. Nur ihre Maske fehlte. Lena suchte immer verzweifelter. Doch sie fand sie nicht. Die Maske war weg. Kurz vor 19 Uhr gab sie schließlich auf. Enttäuscht setzte sie sich aufs Bett. Der Wettbewerb würde jede Minute beginnen – ohne sie.

Lena wartet auf Henri, mit dem sie in die Vergangenheit reisen will.

Henri (Christy O'Donnell) wartet auf der Alexandre-Trois-Brücke auf Lena.

Henri und die Zeitsammler Frank (Seán Óg Cairns), Clive (Luca Varsalona) und Pinky (Lawrence Walker).

Lena auf einem Balkon der Oper.

Max und Lena tanzen vor der Oper.

Lena und Max bei einem Spaziergang durch Paris.

Max steht nachdenklich vor der Oper.

Der BLOK bei einem wichtigen Auftritt.

Max und Lena freuen sich über einen gelungenen Auftritt des BLOK.

Die Zeitsammler Clive, Frank und Pinky.

Henri steht in den Kulissen der Oper und beobachtet Lenas Auftritt.

Lena und Max tanzen.

Jeff und Ines beobachten das Solo ihrer Freunde.

Lenas letzter Auftritt mit ihrer Ballettklasse.

Lena verabschiedet sich von Max.

Henri möchte mit Lena zurück ins Jahr 1905 reisen.

Der Platz unter dem Eiffelturm war wie an jedem anderen Tag ein Touristenmagnet. Menschen aus aller Welt bildeten mit Stadtplänen oder Kameras in den Händen große und kleine Menschentrauben, wuselten herum oder entspannten auf der Wiese bei den Springbrunnen. Max, Ines, Jeff und Dash hielten unruhig Ausschau. Aber von Lena war weit und breit nichts zu sehen.

»Wir müssen jetzt anfangen!«, erklärte Thea und zeigte auf ihre Uhr. »Seht es endlich ein: Sie kommt nicht mehr!«

Max nickte. Sie konnten nicht länger warten. Er brachte seine Kamera in Position und gab den anderen ein Zeichen. Gleichzeitig setzten sie ihre Masken auf. Dann startete Max die Musik. Die Touristen auf dem Champ de Mars wandten neugierig ihre Köpfe. Denn diese Maskierung war mehr als außergewöhnlich. Spätestens als der BLOK zu tanzen begann, strömten die Leute in Scharen herbei. Jeder wollte ein Foto von dieser großartigen Tanztruppe machen, die mit einer ausgeklügelten Choreografie und absolut synchronen Bewegungen den Champ de Mars gerade in eine Bühne verwandelte. Das Publikum jubelte. Aber so schnell, wie die fünf gekommen waren, waren sie auch wieder verschwunden. Ohne auf Applaus zu warten, stoben sie nach ihrem Auftritt in alle Richtungen auseinander und mischten sich unter die Menschenmenge. Am verabredeten Treffpunkt kontrollierten sie gemeinsam die Aufnahme.

»Damit haben wir sehr gute Chancen«, erklärte Max stolz. »Ich stell das Video gleich ins Netz!«

Als die Gruppe in die Schule zurückkehrte, lief ihnen Lena in der Eingangshalle betrübt entgegen.

»Es tut mir so leid! Ich konnte nicht kommen! Meine Maske ist verschwunden!«, erzählte sie.

Da blieb ihr Blick an Thea und ihrer geöffneten Umhängetasche hängen. Lena konnte nicht glauben, was sie sah! Wütend griff sie in Theas Tasche. Darin lagen zwei Masken!

»Eine davon ist ja dann wohl meine!«, rief sie empört.

»Thea, was fällt dir ein! Du bist in unser Zimmer geschlichen und hast die Maske gestohlen«, schimpfte Ines.

Thea stand vor Überraschung wie gelähmt da. Sie bekam keinen Ton heraus. Nie im Leben hatte sie damit gerechnet, erwischt zu werden. Lena und Ines stürmten zornig davon.

Max' Augen funkelten wütend. »So, das war's Thea!«, sagte er. »Es ist vorbei! Ich verstehe, dass du wütend auf Lena bist. Aber du hast mit deiner Aktion Lena und vor allem dem BLOK geschadet. Das ist das Letzte. Ich hätte nie gedacht, dass du so weit gehst!« Mit diesen Worten ließ er sie stehen.

Auch Jeff und Dash gingen wütend auf ihre Zimmer. Bestürzt sah Thea ihnen nach.

37

Frank schäumte vor Wut. Nicht nur dass sie das Portal im Garnier nicht benutzen konnten, nein, auch das Porta-Portal in ihrem Hauptquartier hatte bei ihrer Rückkehr keinen Mucks mehr von sich gegeben. Nun saßen sie in der Zukunft fest.

»Ich glaube, der Akku ist leer«, kam Pinkys Stimme aus den Tiefen der Maschine. »Ist ja kein Wunder, wenn er seit 113 Jahren ununterbrochen lief!«

»Da hättest du auch früher draufkommen können«, meckerte Frank.

Mit in den Taschen geballten Fäusten stapfte er auf und ab.

»Irgendwas ist an der ganzen Sache doch faul! Warum war das Portal von der anderen Seite plötzlich verschlossen …?« Fragend sah er zu Clive, der sich gerade über eine Tüte Erdnussflips hermachte.

»Du hast doch alles so gemacht, wie ich es dir gesagt habe, oder?« Clive nickte gut gelaunt und streckte seinen krümelverschmierten Daumen hoch, während er sich mit der anderen Hand eine weitere Portion in den Mund schob.

»Wenn du das vermasselt hast, dann kannst du was erleben!«, schnauzte Frank und zog seine Hand aus der Tasche. Dabei blieb er mit dem Ärmelaufschlag an der Anhängerkette des Zeitmessers hängen. Das wertvolle Stück plumpste zu Boden.

»Verflixt, das hat mir noch gefehlt!«, stieß Frank hervor und ging auf alle viere. Er hielt den Zeitmesser prüfend an sein Ohr. Der Mechanismus schien den Sturz zum Glück unbeschadet überstanden zu haben.

»Also … ich glaube, der Akku ist hin«, sagte Pinky und kletterte aus dem Porta-Portal. »Sollte aber nicht allzu schwer sein, hier im Jahr 2018 einen Ersatz dafür zu bekommen.«

Frank rappelte sich wieder auf. »Dann mach hinne!«, sagte er.

Aber Pinky rührte sich nicht. Er zeigte auf Clive. »Was ist denn mit dem los?«

Frank hob die Hand, um abzuwinken, doch dann sah er es auch: Clive saß fröhlich auf dem Sofa, den Daumen ausgestreckt, und schaufelte immer noch Flips in sich hinein. Zumindest wirkte es so. Doch bei genauerer Betrachtung erreichte seine Hand niemals seinen Mund. Kurz davor britzelte es in der Luft und Clives Hand begann ihre Bewegung von Neuem.

»Hey, du, kannst du mich hören?« Frank schnipste mit den Fingern vor Clives Augen, aber der reagierte nicht.

»Das muss die Hölle für ihn sein«, grinste Pinky.

»Hmmm«, sagte Frank nachdenklich, »ich glaube, Clive ist in einer Art Zeitschleife gefangen. Vielleicht hat es etwas mit dem Zeitmesser zu tun. Es muss was passiert sein, als er mir gerade runtergefallen ist.« Er ging zum Schreibtisch und holte ein Vergrößerungsglas aus der Schublade, um sich den Zeitmesser genauer anzusehen. Was er sah, ließ ihn vor Freude aufspringen. »Ich glaub's nicht, dieser Zeitmesser benutzt einen gelben Kristall, einen gelben! Weißt du, was das bedeutet?«

Pinky sah Frank ratlos an. »Er passt nicht zu deinem Anzug?«

»Nein, du Dummkopf, das heißt, dass er direkt von der Quelle stammt. Gelbe Kristalle sind unendlich selten und haben besondere Eigenschaften.«

»Aha … und was sind das für Eigenschaften?«

»Na, zum Beispiel das da«, sagte Frank und zeigte auf

den armen Clive. »Aber da ist noch mehr … ich kann genau erkennen, dass der Kristall ursprünglich größer war. Wer auch immer diesen Zeitmesser angefertigt hat, er muss den Kristall geteilt haben, verstehst du?«

Pinky zuckte mit den Schultern.

»Ich wette meinen Hut, dass es einen zweiten Zeitmesser gibt und dass er zu diesem gehört. Wir müssen unbedingt beide haben, und ich weiß auch schon, wo wir danach suchen werden: bei unserem guten alten Freund, Victor Duquet!«

»Dann müssen wir in das Jahr 1905«, stellte Pinky fest.

»Also, mach die Maschine wieder flott«, forderte Frank.

»Vielleicht sollten wir Clive noch befreien?«, gab Pinky zu bedenken.

»Dafür ist nachher immer noch Zeit«, entgegnete Frank. »Er hält uns ja doch nur auf.«

38

Lena hatte die ganze Zeit nach einer Gelegenheit gesucht, sich bei Max für ihren Kuss zu entschuldigen. Als sie jedoch von Max' Trennung von Thea hörte, wagte sie es nicht mehr, das Thema anzuschneiden. Max schien es nicht gut zu gehen. Er saß fast den ganzen Tag in seinem Zimmer und hing düsteren Gedanken nach. Lena glaubte, dass sie Schuld daran trug. Denn ohne Zweifel hatte ihr Kuss Theas Racheaktion ausgelöst, die wiederum Max zur Trennung bewegt hatte.

Während Max litt, zeigte sich Thea vollkommen unbekümmert. Über Kennedy und Bree ließ sie verbreiten, dass nicht Max, sondern sie sich getrennt habe. Aber niemand wusste, wie es wirklich in ihr aussah.

Als Lena und Ines am nächsten Tag zum Unterricht ins Studio kamen, wunderten sie sich, warum bereits alle Schüler beim Aufwärmen waren.

»Wir bekommen einen neuen Gast-Choreografen für die Gala. Das ist wahnsinnig aufregend«, erklärte Thea.

»Weißt du, wer es ist?«, fragte Lena.

»Nein«, sagte Thea. »Aber wer auch immer es ist …«

Lena ließ Thea nicht ausreden. »Ich tanze das Pas de deux!«, rief sie.

Thea lächelte verächtlich. »Ich werde den Lehrer, wer auch immer es sein mag, derart von mir überzeugen, dass ich die erste Schülerin an dieser Schule sein werde, die sowohl das Solo als auch das Pas de deux tanzt!«

Lena und Ines sahen sich ungläubig an, beinahe hätten sie losgelacht. Aber dann machten auch sie sich daran, sich auf den Unterricht vorzubereiten, und wärmten sich auf. Lena tanzte ein paar Schritte ihres Lieblingsballetts, als Madame Carré den Raum betrat. Sie wollte es sich nicht nehmen lassen, den neuen Lehrer persönlich zu begrüßen.

»Es ist mir eine große Freude, euch den diesjährigen Gast-Choreografen vorzustellen, ein Könner seines Fachs, vielfach ausgezeichnet und in jeder bekannten Ballettcompagnie der Welt zu Hause! Ein herzliches Willkommen: Monsieur Armando Castillo!«

Monsieur Castillo trat mit gewinnendem Lächeln in den Raum. Er war ein gut aussehender, durchtrainierter und eleganter Mann um die vierzig Jahre mit einem leichten Dreitagebart und intensivem Blick.

Thea machte den Eindruck, vor Begeisterung gleich ohnmächtig zu werden.

»New York. Empire Ballet. Er hat alle erdenklichen Preise gewonnen. Er ist innovativ, ein Genie, eine Legende!«, flüsterte sie Jeff mit entrücktem Lächeln zu.

»Die Ehre ist ganz auf meiner Seite«, bedankte sich Monsieur Castillo bei Madame Carré. Dann wandte er sich ohne Umschweife an Lena. »Ich habe dich schon vorhin durchs Fenster beobachtet, komm bitte zu mir!«

Lena trat vor. Das Lächeln auf Theas Gesicht erstarrte.

»Bei wem hast du trainiert, bevor du hier an die Schule kamst?«, erkundigte sich Castillo.

»Bei Francois Dugay«, antwortete Lena.

»Schon klar. Der ist ja nur seit ungefähr hundert Jahren tot«, zischte Thea leise, sodass nur Kennedy und Bree sie hören konnten.

»Ich sehe, du hast Humor. Ja, ich wünschte, ich hätte selbst bei Dugay gelernt«, lachte Monsieur Castillo. »Ich nehme an, du meinst, du hast nach der Dugay-Methode gelernt?«, fragte er.

»Ja, alles andere wäre ja komisch …«, erwiderte Lena rasch.

»Dein Stil hat etwas sehr Traditionelles, das wird sicher der Einfluss von Dugay sein. Gefällt mir. Du stichst dadurch wirklich heraus, es verleiht dir diesen einzigartigen Mix aus klassischen und modernen Wurzeln.«

Thea litt bei jedem Wort Armando Castillos mehr. Sie verzog ihr Gesicht, als habe sie schlimmste Schmerzen.

Vollkommen unbeachtet blieb Max' Reaktion auf den neuen Lehrer. Niemand nahm zur Kenntnis, wie er mit finsterstem Gesichtsausdruck in der hinteren Reihe stand und kein einziges Mal Armando Castillo anblickte. Auch als der Lehrer mit dem Unterricht begann, blieb seine düstere Miene unverändert.

Während sich alle Tanzschüler noch mehr anstrengten, sobald der Lehrer nur in ihre Nähe kam, gab sich Max überhaupt keine Mühe, ihn zu beeindrucken. Einem guten Beobachter hätte auffallen können, dass auch Monsieur Castillo einen weiten Bogen um Max machte. Doch ausnahmslos alle Schüler waren von ihrem neuen Lehrer zu sehr hingerissen, um die Feindseligkeit zwischen den beiden zu erkennen.

39

Henri konnte sich nicht erinnern, wann er zuletzt eine so intensive Zeit mit seinem Vater verbracht hatte. Den ganzen Vormittag erläuterte Victor Duquet ihm die Grundlagen des Zeitreisens. Gegen Mittag gingen beide gemeinsam zu Oscar. Der Uhrmacher war in großer Sorge.

»Es ist schlimmer, als wir befürchtet haben«, sagte Oscar über eine Karte gebeugt. »Die Zeitrisse breiten sich weiter aus.« Auf seiner Stirn bildeten sich Sorgenfalten.

»Das Zentrum dieser Störungen muss ganz in der Nähe des Garnier sein.« Victor deutete auf einen Straßenzug, den Henri nur allzu gut kannte.

»Dann sind die Zeitsammler dafür verantwortlich«, sagte er. »Ich weiß, wo sie ihr Hauptquartier aufgeschlagen haben. Dort steht auch das Porta-Portal.«

»Du hättest es nie bauen dürfen«, seufzte Victor. »Ehrlich gesagt, verstehe ich nicht mal, wie du das überhaupt allein geschafft hast ...«

»Ouh, in diesem Buch ...«, versuchte Henri zu erklären. Auf keinen Fall sollte Oscar in Verdacht geraten.

Dieser wischte sich verlegen lächelnd die Schweißperlen von der Stirn. »Ich weiß natürlich nicht, wie dieses Porta-Portal funktioniert«, log Oscar, »aber eigentlich dürfte das nicht passieren.« Er deutete auf einen piepsenden Apparat im Regal. »Irgendetwas verursacht offenbar eine Phasenverschiebung im Raum-Zeit-Kontinuum und das ist gar nicht gut.« Er fuhr sich mit der Hand nachdenklich über seine Bartstoppeln. »Ich frage mich, ob die Ursache dafür eine fremde Energie-Signatur sein könnte.«

»Eine fremde was?« Henri schwante Schlimmes.

»Sie benutzen vielleicht eine Energiequelle, die nicht in diese Zeit gehört«, sagte Victor. »Das würde natürlich erklären, warum sich diese Risse so schnell ausbreiten können.«

»Ein Zeitparadox! Warum bin ich da nicht eher draufgekommen!« Oscar wirkte zerknirscht. »Wir müssen um jeden Preis verhindern, dass die Zeitsammler das Porta-Portal noch einmal benutzen!«

Henri wäre am liebsten an Ort und Stelle im Boden versunken. Sein Vater hatte tatsächlich recht gehabt: Dieser Schlamassel war allein seine Schuld!

»Ich glaube, ich weiß, was wir dagegen machen können«,

sagte Henri leise. »Du hast mir immer gesagt, dass man für seine Fehler einstehen muss …« Er sah seinem Vater in die Augen. »Also werde ich die Maschine selbst zerstören! Ich weiß, wo sich die Zeitsammler verstecken und wo das Porta-Portal steht.«

»Nein, das ist viel zu gefährlich!«, sagte Victor.

Aber Henri hatte sich schon entschieden. »Ich habe den Schlamassel verursacht, ich werde ihn auch wieder beseitigen!«

40

Nach der ersten Begegnung mit Armando Castillo herrschte unter allen Ballettschülern helle Aufregung, so auch bei Lena, Dash, Ines, Thea und Jeff.

»Irre, oder? Sogar ich weiß, was für eine Riesennummer Armando Castillo ist, Leute!«, rief Jeff, als sie beim Mittagessen zusammensaßen.

»Ich mag ihn sehr! Er ist so charmant!«, jubelte Lena.

Max zuckte mit den Schultern. In diesem Moment betrat zur allgemeinen Verwunderung Armando Castillo den Raum. Es war nicht üblich, dass Schüler und Lehrer gemeinsam aßen. Überraschend steuerte der Lehrer auch noch direkt auf ihren Tisch zu.

»Max, so können wir nicht weitermachen. Ich muss mit dir sprechen. Kommst du bitte mit?«, fragte er.

Aber Max antwortete nicht. Er sah Armando Castillo nicht einmal an. Lena wusste nicht, was sie denken sollte.

Warum verhielt sich Max derart respektlos einem Lehrer gegenüber? Endlose Sekunden verstrichen. Langsam hob Max den Kopf.

»Warum musst du ausgerechnet hier an die Oper kommen, um zu arbeiten?«, schnaubte er.

Lena sah der Reihe nach zu Jeff, Dash, Ines und Thea. Aber auch sie schienen nicht zu verstehen, was gerade passierte. Zu ihrer Überraschung reagierte Monsieur Castillo jedoch nicht wütend. Stattdessen antwortete er betont ruhig: »Die Dinge kommen, wie sie kommen, Max.«

Max starrte Armando Castillo böse an. »Du hast versprochen, dass du nie hierherkommen würdest. Du weißt genau, dass ich nicht in deinem Schatten stehen will!«

Monsieur Castillo atmete tief durch. »Das habe ich nie versprochen«, stellte er klar. Dann lächelte er versöhnlich: »Und vielleicht wollte ich ja auch sehen, wie mein Sohn sich so macht ...«

Alle Augen hefteten sich nun auf Max. War denn das möglich? Armando Castillo war Max' Vater? Aber warum hatte Max immer behauptet, seine Eltern seien tot? Dash öffnete empört den Mund. Aber Max' ganze Aufmerksamkeit galt seinem Vater.

»Ich dachte, deine Sorge gilt nur deinem anderen Sohn«, blaffte er ihn an.

»Oh, bitte! Komm mir doch nicht wieder damit!«, rief Armando Castillo.

Aber Max war schon aufgestanden. Wütend stürmte er davon. Monsieur Castillo starrte ihm einen Augenblick hinterher. Dann schien ihm die Anwesenheit von Lena,

Dash, Ines, Jeff und Thea plötzlich unangenehm bewusst zu werden.

»Es tut mir leid, dass ihr Zeugen dieser Auseinandersetzung werden musstet«, entschuldigte er sich. Er richtete sich seinen Hemdkragen und schritt davon. Alle am Tisch sahen sich mit großen Augen an.

Thea fand als Erstes ihre Sprache wieder: »So ein Lügner«, schimpfte sie. »Ich kann nicht glauben, dass Armando Castillo sein Vater ist.«

Jeff lachte auf. »Wow. Du bist doch nur beleidigt, weil er dir nicht gesagt hat, dass sein Vater einer der berühmtesten Choreografen der Welt ist!«

»Ich weiß nicht, warum er uns belogen hat. Aber ich finde, wir sollten nicht zu hart mit Max sein«, schaltete sich Lena ein.

»Er hat uns vorgemacht, dass seine Eltern tot wären, dass er keine richtige Tanzausbildung genossen hat, quasi ein Wunderkind ist. Jetzt stellt sich nicht nur heraus, dass sein Vater quicklebendig ist, nein, er ist auch noch ein Choreograf von absolutem Weltrang. Max dürfte wahrscheinlich die bestmögliche Ballettausbildung überhaupt bekommen haben!«, beschwerte sich Dash. »Das hätte er uns sagen müssen!«

Ines pflichtete Dash bei: »Ja, tut mir leid, da bin ich ganz bei dir. Superuncoole Aktion von Max. Unter Freunden ist das nicht in Ordnung.«

»Also ich für meinen Teil habe heute Nachmittag keine Lust auf Üben mit dem BLOK«, schob Thea hinterher.

»Und ich weiß nicht, ob ich je wieder Lust auf den BLOK habe«, knurrte Dash.

Jeff zuckte unentschlossen mit den Schultern, aber Ines nickte entschieden.

»Er hat unser Vertrauen missbraucht. Das ist echt nicht okay!«

Lena stand auf und machte sich auf die Suche nach Max. Aber er war weder auf seinem Zimmer noch im Foyer. Also lief Lena aufs Dach des Garnier. Hier fand sie ihn. Traurig lehnte er an der Brüstung und ließ seinen Blick über die Stadt schweifen. Lena trat näher und legte schweigend ihren Kopf an seine Schulter. So standen sie lange da.

Irgendwann begann Max zu sprechen: »Meine Eltern haben einen Jungen adoptiert, als ich noch klein war. Er heißt Reuben. Er ist ein sehr guter Tänzer, wirklich gut. Aber ich war auch gut! Als mein Vater nach New York ging, hat er mich in ein englisches Internat gesteckt. Und weißt du, wen er nach New York mitgenommen hat? Meinen Stiefbruder! Ich glaube, ich war noch nie so gekränkt in meinem Leben wie damals.«

Lena nickte verständnisvoll. Sie wusste, wie schlimm es sich anfühlte, wenn die eigenen Eltern einen fortschickten.

»Damals ist mein Vater für mich gestorben«, erklärte Max. »Ich wollte nie wieder etwas mit ihm zu tun haben.«

Lena nahm Max wortlos in die Arme. Er sah sie dankbar an. Am Pariser Himmel tanzte ein Vogelschwarm. Er bildete eine dichte Wolke, stob dann wild auseinander und formierte sich neu. Eine Weile betrachteten sie schweigend die seltsamen Flugmanöver.

»Wie fühlst du dich jetzt?«, fragte Lena schließlich.

Max lenkte seinen Blick ins Nichts. »Sehr traurig«,

sagte er. Nach einer Weile fügte er jedoch hinzu: »Aber auch ein bisschen erleichtert. Es ist gut, dass jetzt alle Bescheid wissen. Es ist nicht schön, mit einer Lüge zu leben.«

41

Henri stand mitten im Hauptquartier der Zeitsammler und wischte sich zufrieden mit dem Handrücken über die Stirn. »Das sollte reichen«, gratulierte er sich selbst.

Die Zeitsammler würden eine schöne Überraschung erleben, wenn sie zurückkämen und versuchen würden, das Porta-Portal zu benutzen. Ohne Induktionskristalle ließ sich der Mechanismus nicht mehr aktivieren und die einzige Quelle dafür war Oscars Laden gewesen. Jetzt knirschten sie, in tausend Stücke zerborsten, unter Henris Stiefeln. Wie gerne würde er Franks dummes Gesicht sehen!

Schon im nächsten Moment verfluchte er diesen Gedanken. Im Treppenhaus erklangen Stimmen! So schnell hatte Henri die Zeitsammler nicht zurückerwartet. Hastig blickte er sich um, er konnte ihre Schritte schon vor der Tür hören …

»Ich verstehe immer noch nicht, wie uns das weiterhelfen soll, Frank?«, wunderte sich Clive, als sie das Zimmer betraten.

»Ist doch klar«, sagte Pinky und holte ein zusammengefaltetes Stück Papier hervor. »Wir werden uns nicht wiedersehen, aber ich werde meine Hälfte des Amuletts mit meinem Leben beschützen«, las er vor. »Der Briefeschreiber nennt sich Alex. Wir brauchen jetzt also nur noch herauszufinden, wo sich dieser Alex aufhält, und dann können wir uns den Zeitmesser selbst unter den Nagel reißen«, verkündete Frank.

Henri konnte in seinem Versteck jedes Wort hören. Er kannte den Text. Er stammte aus einem Brief an seinen Vater. Er hatte ihn im Büro selbst gelesen. Wenn die Zeitsammler ihn hatten, hieß das, dass sie dort eingebrochen sein mussten. Was viel schlimmer war: Sie kannten auch das Geheimzimmer! Mit klopfendem Herzen lauschte Henri weiter.

»Aber wir haben ihn doch schon dem Mädchen abgenommen?«, hörte er Clive fragen.

»Ich meine den anderen Zeitmesser«, stöhnte Frank. »Es gibt zwei! Diesen hier ...« Er holte Lenas Anhänger aus der Tasche und hielt ihn Clive vor die Nase. »Diesen hier und einen zweiten. Beide wurden aus demselben Kristall gemacht und zusammen werden sie uns unbegrenzte Macht verleihen!«

»Ach, dann ist es so eine Art Zweitzeitmesser?« Clives Gesicht erhellte sich.

Pinky war gerade im Begriff zu antworten, als urplötzlich die Tür des Wandschranks hinter ihnen aufflog und Henri, in jeder Hand einen Wäschesack schwingend, auf sie zustürzte. Die drei waren so verdattert, dass Henri sie mühelos überwältigen und zu Boden werfen konnte. Während die Zeitsammler noch hilflos mit den Säcken über ihren Köpfen kämpften, war Henri schon polternd die Treppe hinuntergerast.

»Was war das denn?«, wunderte sich Clive, der es als Erstes geschafft hatte, den Sack vom Kopf zu ziehen. »Wusstet ihr etwa, dass sich in unserem Schrank ein Portal befindet?«

Aber Frank hatte diesmal keine Zeit, Clive für seine Dummheit zu beschimpfen. Denn er musste feststellen, dass ihm etwas fehlte: »Der Zeitmesser!«, schrie er. »Er hat sich meinen Zeitmesser geschnappt! Los, hinterher!«

42

Max' Worte hingen Lena noch lange nach. Sie hoffte, inständig, dass ihre Freunde am Tag, an dem die Wahrheit über sie ans Licht kam, milder mit ihr sein würden.

Zum Glück waren die Mitglieder der Ballettklasse nicht lange nachtragend.

»Ist doch echt blöd, wie es jetzt ist«, sagte Ines bereits am nächsten Tag. »Ich mag Max einfach viel zu gerne. Er fehlt mir!« Dash und Jeff stimmten ihr sofort zu.

Das regelmäßige Training bei Armando Castillo bewirkte, dass alle Max gut verstehen konnten. Denn es stellte sich heraus, dass Max' Vater nicht nur ein Genie war – sondern vor allem ein Tyrann! Oft übte er mit seinen Schülern bis spät in den Abend. Erst wenn jeder Schritt, jede Bewegung und Drehung genau so saß, wie Armando Castillo es wünschte, durften sie aufhören. Es gab niemanden, der nicht vollkommen erschöpft aus dem Studio kroch.

Was aber viel schlimmer war: Max' Vater führte sich auf wie ein Alleinherrscher von Gottes Gnaden. Er duldete keine fremden Ideen, keine Bewegung, keinen Gesichtsausdruck, den er nicht persönlich angeordnet hatte. Nicht nur Lena fühlte sich bald wie eine willenlose Marionette. Von Tag zu Tag wurde klarer: Armando Castillo war erst zufrieden, wenn seine Schüler wie gut geölte Tanzmaschinen funktionierten. Selbst Thea, die sich – um Castillo zu gefallen – bis zum Umfallen abmühte, wirkte müde und verdrossen.

»Wundert mich nicht mehr, dass du, Max, deinen Vater lieber verschwiegen hast«, witzelte Jeff, als alle beisammensaßen.

»Wisst ihr, was ich jetzt als Ausgleich gut gebrauchen könnte?«, fragte Dash. »Eine entspannte Übungsstunde mit dem BLOK! Na, wie wär's?«

»Du sprichst mir aus der Seele!«, sagte Ines.

Lena sprang glücklich auf. »Puh, ich dachte schon, ihr fragt gar nicht mehr!«

Auf Max' Gesicht schlich sich ein glückliches Lächeln. »Nichts lieber als das«, sagte er. Doch dann fügte er ernst hinzu: »Aber wir müssen etwas ändern. Ich finde, dass der BLOK auch ohne einen Chef, der alles bestimmt, auskommt. Das habe ich in den letzten Tagen begriffen.«

Alle waren einverstanden. Sie hatten sich schon lange gewünscht, sich mehr einbringen zu können. Doch welche Folgen Max' Vorschlag hatte, konnte in diesem Moment noch niemand ahnen: Es kam zu einer Art Explosion von Kreativität. Die Choreografien wurden mit einem Schlag aufregender und wilder. Sie entwickelten sich zu einem überraschenden Mix aus allen denkbaren Tanzstilen. Die Übungsstunden mit dem BLOK wollte bald niemand mehr missen. Sie waren in jeder Hinsicht das ideale Gegenstück zu Castillos autoritärem Regiment.

43

Doch die Ballettstunden bei Armando Castillo waren nicht das einzig Anstrengende. In der Schule standen in fast allen Fächern Klassenarbeiten an. Als an einem verregneten Vormittag der Kunstlehrer, Monsieur Legrest, einen Ausflug in den Louvre ankündigte, empfanden dies alle als willkommene Erholung.

Das berühmte Museum barg die bedeutendsten Gemälde und Kunstschätze der vergangenen Jahrhunderte. Lena brannte schon lange darauf, sie in Augenschein zu nehmen. Damit war sie aber leider nicht allein. Schließlich war der Louvre eine der Hauptattraktionen der Stadt. Und so schob sie sich zusammen mit ihren Mitschülern und tausend Touristen aus aller Welt mühsam durch die Museumssäle. Erst als sie sich in einen der Seitenarme des Gebäudes flüchteten, nahm das Gedränge etwas ab. Lena atmete erleichtert auf.

»Das ist doch wohl nicht möglich!«, hörte sie plötzlich Thea rufen. Mit dem Finger zeigte sie auf ein Gemälde. Neugierig versammelte sich die Klasse um das Bild. Auch Lena trat näher. Verblüfft schlug sie die Hand vor den Mund: Das Bild zeigte ihre Mutter und sie im Zuhause ihrer Kindheit! Sie konnte sich noch gut an die vielen Stunden erinnern, die sie gemeinsam für dieses Porträt still sitzen mussten. Es war bei ihrem letzten Besuch in St. Petersburg gewesen. Dieses Bild hier im Museum wiederzusehen, war eine große Überraschung.

»Das ist echt cool«, erklärte Jeff. »Also von meiner Familie hängt niemand im Museum!«

Da schaltete sich Monsieur Legrest ein. »Ja, dieses Familienporträt ist wirklich ganz außergewöhnlich!«, rief er begeistert. »Lena, deine Ururgroßtante sieht wirklich fast aus wie du!«

»Sie sieht nicht nur fast so aus – sie sieht ganz genau exakt so aus wie sie«, widersprach Thea. Lena antwortete nicht. Auch als die Gruppe schon weitergezogen war, starrte sie noch immer auf das Bild. Schlimmes Heimweh hatte sie ergriffen. Lena hätte alles gegeben, um in ihr altes Leben zurückkehren zu können! Aber umso länger sie vor dem Bild stand und es betrachtete, umso stärker hatte sie das Gefühl, dass damit etwas nicht stimmte.

»Siehst du das Amulett, das deine Mutter um den Hals trägt?«, hörte sie plötzlich Ines aufgeregt flüstern. Lena sah genauer hin. Sie traute ihren Augen nicht.

»Das kann doch nicht sein, das ist ein Zeitmesser!«, entfuhr es Lena. Vor ihren Augen begann es zu flackern. Ihr war, als würde sie ein heißer Wind anwehen und in Flammen setzen. Lena spürte, dass diese Entdeckung alles verändern würde! Nur mit Mühe gelang es ihr, sich ein wenig zu beruhigen. »Wie seltsam. Ich bin mir sicher, dass meine Mutter das Amulett damals nicht getragen hat«, stieß sie hervor.

Ines zückte ihr Handy und machte ein Foto. »Das ist absolut sensationell, Lena!« Rasch suchte Ines auf ihrem Smartphone nach weiteren Informationen über das Bild. »Oh, wow, hör mal her«, sagte sie keine Sekunde später. »Der Anhänger, den Prinzessin Alexandra auf dem Gemälde trägt, wurde nachträglich vom Maler ergänzt. Die Prinzessin bestand nach dem spurlosen Verschwinden ihrer Tochter auf dieser Änderung und stiftete das Porträt anschließend dem Museum. Ist das nicht äußerst merkwürdig?«

»Warum hat sie das gemacht?«, fragte Lena ratlos. »Ich verstehe überhaupt nichts mehr! Ist meine Mutter etwa … auch eine Zeitreisende?«

»Lass es uns herausfinden«, sagte Ines, dämpfte aber sogleich ihre Stimme. Denn mit einem Blick auf Thea, die sie aus einigen Metern Entfernung beobachtete, war unschwer zu erraten, dass diese zu gern wissen wollte, worüber Ines und Lena so aufgeregt sprachen.

Weniger erkennbar für die Mädchen war jedoch, in welchem Ausmaß Thea bereits von Hass zerfressen war. In ihren Augen war Lena an allem schuld, was ihr in letzter Zeit an Schlechtem widerfahren war. Während ihre Mitschüler nach dem Museumsbesuch zum Mittagessen in die Schulkantine gingen, lief Thea geradewegs auf das Dach der Garnier Oper. Sie war besessen von dem Gedanken, etwas gegen Lena in die Hände zu bekommen. Hastig untersuchte sie den Kamin, um einen weiteren Brief von Henri zu finden. Vielleicht würde er ihr von etwas Verbotenem berichten, einem Verstoß gegen die Schulordnung oder etwas Strafbares – wer weiß! Doch zu Theas Enttäuschung war der Kamin leer. Wütend trat Thea mit ihrem Fuß gegen die Brüstung, bereute dies aber augenblicklich. Während sie sich den schmerzenden Fuß rieb, geschah etwas Ungewöhnliches: Der lose Backstein schien einen Moment aufzuglühen. Neugierig untersuchte Thea erneut den Kamin. Jetzt lag ein Brief in der Lücke!

»Wie ist das möglich …?«, rief Thea verblüfft. Ohne zu zögern, riss sie das Kuvert auf. Thea las: »Liebe Lena, wenn sich das Portal das nächste Mal öffnet, werde ich zu Dir kommen. Ich verteidige den Zeitmesser mit meinem Leben, auch wenn mein Vater das Zeitreisen für immer stoppen will. Ich werde nicht ruhen, bis ich Dich sicher in meinen Armen halte. Im Jahr 1905, wo Du hingehörst. Warte auf mich. In Liebe. Henri.«

Immer wieder las Thea den Brief. War das ein Scherz? Sie wusste nicht, was sie denken sollte. Nur eines war ihr klar: Sie musste mehr erfahren!

44

Henri schwitzte wie an einem heißen Sommertag, dabei war es nicht besonders warm in Oscars Laden. Nicht nur, dass sein Vater ihn alle 247 Regeln für den Umgang mit Zeitmessern auswendig lernen ließ. Seit Tagen hatte er mit ihm und Oscar den Umgang mit seinem Zeitmesser geübt. Henri konnte sich nicht erinnern, wann ihm jemals zuvor der Kopf vor Anstrengung so geraucht hatte.

»Konzentrier dich!«, rief Oscar und warf einen Ball. »Du musst ihn spüren, bevor du ihn siehst, sonst ist es schon zu spät!«

Henri versuchte, den Ball im Flug zu stoppen, indem er mit seinem Zeitmesser die Zeit anhielt. Doch er verpasste ihn knapp. Scheppernd prallte er gegen ein Zahnradlager. Es war offensichtlich, dass der enge Uhrenladen nicht unbedingt der beste Ort für diese Art Übung war. Doch da Oscar nie einen Fuß vor die Tür des Ladens setzte, hatten sie keine andere Wahl.

»Achtung!« Oscar warf einen weiteren Ball. Diesmal stoppte ihn Henri, wie gewünscht, mitten in der Luft.

»Sehr gut! Perfekt. Du hast es!«, rief Oscar und drehte sich zu Victor. »Das waren jetzt wie viele?«

»32«, antwortete Victor zufrieden. »Also ich glaube, wir können es für heute gut sein lassen!«

»Ich würde sagen, er ist so weit!«, sagte Oscar mit breitem Grinsen.

Henris Vater nickte. Er stand lächelnd auf und nahm ein dickes Buch mit goldenem Einband aus dem Regal. Zwei ineinander verschlungene Kreise zierten den Titel: das Zeichen der Zeitreisenden. Er reichte das Buch an Henri weiter.

»Lies das hier bitte laut vor«, bat er ihn.

Henri sah seinen Vater erst verwundert an. Doch dann begann er zu lesen: »Ich gelobe, zu beobachten und nicht einzugreifen. Ich verspreche, die Spuren anderer zu verwischen und keine eigenen zu hinterlassen. Weder will ich Zeit nehmen, noch sie geben. Ich werde sie verstreichen lassen, wieder und wieder.«

»Gratuliere«, sagte Victor stolz.

»Es ist schon sehr lange her, dass jemand diese Zeilen gesprochen hat, denn dies ist der Schwur der Zeitreisenden«, fügte Oscar hinzu und schüttelte Henri aufgeregt die Hand. »Willkommen in der Gilde der Zeitreisenden! Jetzt bist du einer von uns!«

»Ihr meint, ich darf nun zeitreisen?«, fragte Henri.

»Solange du dich an die Regeln hältst, ja«, erklärte sein Vater feierlich. Dankbar fiel Henri seinem Vater um den Hals.

»Na, ich denke, das war genug Aufregung für einen Tag«, erklärte Oscar und begann zusammenzuräumen. Doch noch bevor er das goldene Buch wieder an seinen Platz im Regal zurückstellen konnte, öffnete sich unerwartet die Tür. Henri fürchtete für einen Moment, es seien die Zeitsammler, aber es war eine elegant gekleidete Frau. Henri zuckte trotzdem zusammen. In der Tür stand Lenas Mutter: Prinzessin Alexandra Grisky!

»Victor Duquet, endlich habe ich dich gefunden!«, sagte sie mit herrischer Stimme.

45

Ines und Lena kehrten vom Mittagessen zurück in ihr Zimmer. Sie brannten darauf, noch mehr über Lenas Mutter herauszufinden. Doch gerade als sie den Laptop öffneten, klopfte es an der Tür. Thea trat ein.

»Oh, entschuldigt die Störung! Ines, ich würde mir

gerne eines deiner Bücher ausleihen.« Ihre Stimme klang zuckersüß.

Ines sah Thea verwundert an. »Ja, klar. Nimm dir, was du brauchst«, sagte sie und deutete auf ihr Buchregal.

»Das ist so lieb von dir«, bedankte sich Thea und sah rasch die Bücher durch. Dann griff sie sich »Eine kurze Geschichte der Zeit«, das Buch des berühmten Physikers Stephen Hawking. »Sehr interessant!«, rief sie aus. »Das wollte ich immer mal lesen!« Und schon war sie wieder aus dem Zimmer verschwunden.

»Komisch, wusste gar nicht, dass Thea sich auch für Quantenphysik interessiert«, wunderte sich Ines. Dann wandten sie sich wieder ihrem Vorhaben zu und durchsuchten das Internet nach Prinzessin Alexandra. Aber zu ihrer Enttäuschung erhielten sie keine Treffer.

»Wenn deine Mutter eine Zeitreisende ist, sind womöglich Fotos von ihr gemacht worden«, überlegte Ines. »Vielleicht sollten wir uns auf die Bildersuche konzentrieren! Ich lade uns mal eine Gesichtserkennungssoftware runter!«

Während Ines das Programm installierte, nahm Lena ihr Handy und schickte Ines das Bild ihrer Mutter. Als sie es näher heranzoomte, entdeckte sie ein Detail, das ihr bisher nicht aufgefallen war: Auf dem Zeitmesser waren deutlich zwei ineinander verschlungene Kreise zu sehen. Lena kannte dieses Zeichen von Henris Zeichnungen.

»Kannst du auch mal nach diesem Symbol suchen?«, bat sie Ines.

»Wird gemacht.« Ines startete die Suche. Einige Minuten vergingen, dann lieferte der Computer Ergebnisse.

Lena und Ines drängten sich vor den Bildschirm. Tatsächlich hatte die Software drei verschiedene Fotos von Prinzessin Alexandra gefunden. Auf jedem sah sie ein wenig anders aus. Auf einem Foto hatte sie hochhackige, spitze Schuhe und einen weit schwingenden Rock an. Ein andermal trug sie ihr Haar wild und offen, dazu ein Kleid mit Batikmuster. Am auffälligsten aber war ein Foto, auf dem Lenas Mutter direkt in die Kamera schaute. Auf ihrem ärmellosen T-Shirt war ein Smiley-Gesicht und der Schriftzug »Dont worry – be happy« gedruckt.

»Das sieht mir ganz nach den Neunzigerjahren aus«, vermutete Ines. »Und so ein Batikkleid ist total typisch für die siebziger!«

»Dann ist es jetzt offiziell«, seufzte Lena. »Meine Mutter ist eine Zeitreisende!«

»Mal sehen, was wir noch rausfinden«, sagte Ines und ließ sich die Ergebnisse der zweiten Suche anzeigen. Und Bingo! Auch für das Symbol mit den zwei ineinander verschlungenen Kreise hatte der Computer zwei Bilder gefunden. Beide zeigten ein Geschäft in Paris. Es hieß »Oscars Uhrenladen«. Auf beiden war hinter der staubigen Scheibe der Eingangstür das Gesicht eines Mannes zu sehen. Die Fotos waren mit Zeitstempeln markiert: »Wow, das eine Bild ist 30 Jahre, das andere erst zwei Monate alt!«, rief Ines. »Aber derselbe Mann sieht völlig unverändert aus!«

»Was hat das zu bedeuten?«, wunderte sich Lena.

Ines sah ihre Freundin triumphierend an. »Ganz einfach! Wir haben noch einen Zeitreisenden gefunden! Hier in der Nummer 425 der Rue Basque!«

»Könnte es sein, dass er Henri kennt?« Lena fühlte sich plötzlich hellwach.

»Es könnte nicht schaden, ihn zu fragen«, schlug Ines vor und sah auf die Uhr. »Aber erst müssen wir zur Probe. Übermorgen ist die Aufführung im Garnier, und Armando will heute verkünden, wer welche Rolle tanzen darf.«

Lena nickte. »Okay, aber gleich danach gehe ich zu Oscars Uhrenladen!«

46

Kaum hatten Lena und Ines ihr Zimmer verlassen, um zu den Proben zu eilen, erschien Thea vor der Tür. Sie lauschte kurz, um sicherzugehen, dass die Mädchen wirklich fort waren, dann schlich sie sich ins Zimmer. Ihr Weg führte sie direkt zum Bücherregal. Denn dort hatte sie nicht nur ein Buch herausgenommen, sondern sie hatte auch unbemerkt etwas hineingestellt: Ihr Handy. Thea nahm es rasch an sich, stoppte den Aufnahmemodus und huschte aus dem Zimmer. Noch auf dem Weg ins Studio stöpselte sie die Kopfhörer ins Ohr, um sich die Aufnahme anhören zu können. Gerade als sie das Studio erreicht hatte, hörte sie Ines sagen: »Wenn deine Mutter eine Zeitreisende ist …«

Thea schnaubte und riss sich den Kopfhörer aus dem Ohr. War es also wirklich wahr? Lena war eine Zeitreisende? Nein, unmöglich! Es musste eine andere Erklärung geben … oder? Tief in Gedanken betrat sie das Studio.

Armando Castillo warf ihr einen wütenden Blick zu, denn sie war viel zu spät dran.

»Also wie gesagt«, fuhr der Lehrer nach der Unterbrechung fort. »Also, ich habe meine Entscheidung getroffen. Solos: Thea und Dash. Pas de deux: Lena und Max. Jeffery, Mia und Heather bilden ein Trio. Der Rest von euch tanzt im Corps de Ballet. Ihr habt fünf Minuten, um das zu verdauen!«

Obwohl sie gerade erfahren hatte, dass sie ein Solo tanzen durfte, zeigte Thea keine Reaktion. Ohne ihren Blick von Lena zu nehmen, setzte sie sich an den Rand des Studios und steckte sie sich unauffällig einen der Kopfhörer ins Ohr. Sie musste einfach wissen, wie die Aufnahme aus Lenas und Ines' Zimmer weiterging!

Während Lena sich freute, wieder mit Max tanzen zu dürfen, fühlte sich Ines wie vor den Kopf geschlagen. »Ich darf nur in der Gruppe tanzen. Damit habe ich überhaupt nicht gerechnet«, beklagte sie sich bei Lena.

»Wie ist das möglich? Ich gehe zu Monsieur Castillo und beschwere mich!«, rief Lena empört.

Aber Ines hielt sie zurück. »Nein, lass es! Das ist nicht meine Art!«

Lena überlegte, was sie für Ines tun konnte. Aber rasch waren die fünf Minuten Pause verstrichen und Armando Castillo erhob seine Stimme: »Thea! Mit dir fangen wir an!«

Doch Thea war nicht mehr da. Alle sahen sich verwundert um. Es war noch nie passiert, dass ein Schüler den Unterricht ohne Erlaubnis verlassen hatte.

»Wo ist Thea?«, fragte Armando streng.

»Ich habe sie rausrennen sehen«, meldete sich Dash und zog rasch Ines zu sich an die Seite. »Vielleicht ist sie krank. Könnte nicht Ines so lange ihren Part übernehmen?«

Armando Castillo nickte. Aber ihm war anzusehen, dass er innerlich vor Wut kochte.

Thea bekam davon nichts mit. Sie hatte sich rasch umgezogen und war auf dem Weg zur Rue Basque. Auf der Straße schaute sie weder links noch rechts. Sie dachte nur noch an den Uhrenladen. Sie musste unbedingt vor Lena dort sein! Sie brauchte einen handfesten Beweis, dass Lena eine Lügnerin, eine Hochstaplerin, eine Zeitreisende war! Und den Beweis würde sie bei Oscar finden!

Bevor sie Oscars Uhrenladen betrat, entfernte sie rasch ihren Lippenstift und strich sich die Haare glatt.

»Entschuldigen Sie, sind Sie Oscar?«, fragte sie, während sie sich mit gespielter Schüchternheit im Laden umsah.

Oscar sah Thea skeptisch an. »Hängt davon ab, wer fragt.«

»Verzeihen Sie … meine Manieren!«, entschuldigte sich Thea mit großen Augen. »Ich bin Lena. Lena Grisky.«

Sofort war Oscars Misstrauen wie weggeblasen. »Warum hast du das nicht gleich gesagt! Ich bin Oscar!«, stellte er sich ihr vor.

»Ich hoffe, Sie können mir helfen. Meine Frage klingt vielleicht seltsam … aber sind Sie ein Zeitreisender?«, fragte sie geradeheraus.

»Ja, das bin ich!«, erklärte Oscar stolz.

»Und ich? Bin ich auch eine … Zeitreisende?«, fragte Thea.

»Ja, Lena, so ist es«, bestätigte Oscar.

Thea hätte am liebsten aufgelacht. Sie konnte nicht glauben, dass es so leicht war, diesen Trottel an der Nase herumzuführen! Aber sie brauchte noch einen Beweis, sonst war ihr Besuch sinnlos. »Haben Sie vielleicht so etwas wie eine Art Handbuch oder so, in das ich mal gucken könnte?«

»Viel besser!«, rief Oscar und lief zu dem Regal mit den vielen Fächern. Als er zurückkam, überreichte er Thea ein Kästchen. »Das hat deine Mutter für dich hiergelassen«, erklärte er.

Thea griff hastig nach dem Kästchen und öffnete es. Darin lag ein Zeitmesser.

»Eine Uhr?«, fragte Thea enttäuscht.

Oscar sah Thea erstaunt an. »Das ist mehr als eine Uhr, wie du eigentlich wissen solltest …«, begann er.

Aber Thea hatte den Zeitmesser bereits an sich genommen. »Wie auch immer! Besten Dank!«, rief sie mit der Hand auf der Türklinke. Dann hatte sie das Geschäft auch schon verlassen.

47

»Wie konntest du deinen Zeitmesser einem völlig verantwortungslosen Teenager anvertrauen?« Prinzessin Alexandra war außer sich. Henri, Victor und Oscar wichen automatisch ein Stück zurück, als Lenas Mutter im sonst so ruhigen Uhrenladen ungehemmt losschimpfte. »Wenn ich geahnt hätte, dass er dein Sohn ist! Ich hätte Helena nie in seine Nähe gelassen! Wie konntest du meiner Familie nur so eine Schande zufügen?«

Während Oscar beschwichtigend lächelte, ging Henris Vater nun auf Angriff über. Dass Prinzessin Alexandra seinen Sohn beleidigte, konnte er nicht akzeptieren.

»Also wenn ich mich recht erinnere, Alex, hattest du früher selbst eine Schwäche für Bürgerliche. Warum sollte Henri also nicht gut genug für deine Tochter sein?«, rief er polternd.

Aber Prinzessin Alexandra ließ sich nicht einschüchtern. »Jetzt werde mal nicht frech!«, empörte sie sich. »Natürlich ist er nicht gut genug für eine Prinzessin Helena! Glaubst du denn ernsthaft, sie in einen Zeitstrudel zu stoßen, sei ein irgendwie statthaftes Verhalten?«

Henri räusperte sich und wollte gerade einen Schritt vortreten. Zu gerne wollte er etwas zu diesem Streit sagen. Doch Oscar gab ihm einen kleinen Stoß in die Rippen und schüttelte seinen Kopf. Sein Blick sagte: Misch dich da bloß nicht ein!

»Ich bestreite keineswegs, dass er leichtfertig gehandelt hat. Und ja, dafür bin ich auch verantwortlich«, lenkte Victor ein. »Aber Henri ist bereit, seinen Fehler wiedergutzumachen und Lena zurückzuholen. Das ist doch, was du auch willst!«

»Seid ihr noch bei Trost?« Lenas Mutter hatte ihre Handschuhe ausgezogen und zornig auf den Tisch geworfen. »Dein Sohn hat doch nicht die geringste Ahnung, was er tut! Habt ihr nicht die Zeitrisse bemerkt? Was ich will, ist, dass meine Tochter mit mir nach Russland zurückkehrt. So weit weg von euch wie nur möglich!«

»Genau genommen sind die Zeitsammler für die Zeitrisse verantwortlich«, meldete sich Henri nun doch zu Wort, bereute dies aber sofort.

»Die Zeitsammler sind hinter meiner Tochter her?« Aus Alexandras Gesicht war alle Farbe gewichen. »Und du wusstest davon?«, wandte sie sich mit hysterischem Lachen an Victor.

»Ich verspreche dir …«, versuchte Victor Prinzessin Alexandra zu beruhigen. Doch er kam nicht weiter.

»Von deinen Versprechen habe ich ein für alle Mal genug, Victor Duquet! Ihr werdet mir jetzt auf der Stelle den Zeitmesser aushändigen, damit ich Helena selbst holen kann!«

»Du weißt genauso gut wie ich, dass er für dich nutzlos ist!«, erwiderte Henris Vater bestimmt. »Deswegen besitzt du ja auch deinen eigenen.«

Prinzessin Alexandra atmete verächtlich aus: »Ich brauche dich wohl kaum daran zu erinnern, dass ich meinen Zeitmesser bei Oscar in der Zukunft gelagert habe. Im Gegensatz zu dir habe ich mich nämlich an unseren Pakt gehalten!«

Henri sah erst fragend zu Victor, dann zu Oscar. Er hatte keine Ahnung, wovon die Rede war. Offenbar hatten sein Vater und Lenas Mutter viele Geheimnisse.

»Du wirst mir sofort den Zeitmesser geben, sonst rufe ich meine Wachen!«, herrschte ihn Prinzessin Alexandra unvermittelt an. Henri hatte genug von diesem Affentheater. Sein Vater und Lenas Mutter benahmen sich ja wie Fünfjährige! Seufzend zog er seinen Zeitmesser aus der Tasche. »Es tut mir wirklich leid, Hoheit, aber das kann ich leider nicht zulassen«, sagte er.

Doch anstatt den Zeitmesser in Prinzessin Alexandras ausgestreckte Hand zu legen, verstellte er einige Einstellungen und drückte auf den oberen Knopf. Victor, Prinzessin Alexandra und auch Oscar erstarrten augenblicklich. Ruhe trat ein. Lenas Mutter mit ihrer ausgestreckten Hand, einen Fuß vorgesetzt, die Augen geweitet, konnte sich für die nächsten 48 Stunden genauso wenig bewegen wie sein Vater, der immer noch auf den Tisch gestützt dastand. Für Oscar, der sich nachdenklich über das Kinn strich, tat es Henri leid. Er konnte für diesen lautstarken Streit schließlich nichts. Aber Henri musste auf Nummer sicher gehen. Er brauchte Zeit und Ruhe, um die nächsten Schritte zu überdenken. Zunächst musste er Lena schreiben. Es waren zwei Tage, bis sich das Portal wieder öffnen würde und er sie holen konnte. Aber dann brauchte er noch einen Plan. Prinzessin Alexandra wollte Lena nach Russland bringen und sie für immer trennen! Russland war vielleicht nicht so weit weg wie das Jahr 2018! Aber für Henri war es unerreichbar fern …

48

Der ohnehin schon anstrengende Unterricht bei Armando zog sich für Lena unerträglich in die Länge. Dabei wollte sie doch nur eines: so schnell wie möglich in die Nummer 425 der Rue Basque eilen und mit dem Besitzer des Uhrenladens sprechen. Als Armando Castillo seine erschöpfte Klasse endlich ziehen ließ, atmete Lena befreit auf. Zusammen mit Ines ging sie in ihr Zimmer.

»Wenn du in einer Stunde nicht wieder da bist, rufe ich die Polizei«, erklärte Ines, die etwas besorgt dabei zusah, wie Lena sich Schuhe und Jacke anzog. »Wir wissen schließlich nicht, ob dieser Oscar auch ein Zeitsammler ist. Möglich ist alles!«

»Glaube ich nicht!«, erklärte Lena. »Meine Mutter wollte, dass wir Oscar und seinen Laden finden.«

»Pass trotzdem auf dich auf«, verabschiedete sie Ines mit einer Umarmung. Lena nickte und lief los.

Dank des Navigationsgeräts im Handy brauchte sie in den engen Straßen zum Glück nicht lange, um Oscars Laden mit den zwei ineinandergeschlungenen Kreisen auf der Schaufensterscheibe zu finden. Als sie die Klinke niederdrückte, hatte sie das starke Gefühl, dass auch Henri hier einmal gewesen sein musste. Beherzt trat sie ein. Oscar hatte an diesem Tag nicht mit so viel Besuch gerechnet.

»Wir haben schon geschlossen!«, rief Oscar mürrisch, als die Türglocke ging.

Aber Lena ließ sich nicht abwimmeln. »Bitte, ich bin Lena Grisky. Ich brauche Ihre Hilfe!«, erklärte sie.

Oscar lachte ungläubig auf. »Haha, sehr lustig!«

Lena sah Oscar verwirrt an. Warum lachte der Mann? Sie zog einen von Henris Briefen hervor. »Dieses Zeichen an ihrer Tür!«, sagte sie. »Mein Freund hat es mir aufgemalt. Und ich glaube, meine Mutter wollte, dass ich hierherkomme ...«

Oscar, der Lenas Erscheinen eben noch für einen dummen Scherz gehalten hatte, wurde ernst. »Wie heißt denn dein Freund?«, wollte er wissen.

»Henri! Und meine Mutter ist Prinzessin Alexandra!«, sagte Lena.

Oscar schluckte. Mit der einen Hand stützte er sich gegen den Tresen. Mit der anderen kratzte er sich verlegen am Kopf. »Henri, also«, sagte er.

»Sie müssen mir glauben«, flehte Lena. »Henri hat ein Portal gebaut, aber bisher hat nichts funktioniert! Dabei will ich doch einfach nur nach Hause!«

Oscar seufzte. »Ich glaube dir.« Er brauchte einen Moment, bis er weitersprechen konnte. »Und ich habe wohl einen fürchterlichen Fehler gemacht.«

Lena sah Oscar fragend an. »Wie? Ich verstehe nicht!«

»Vorhin war ein Mädchen hier«, erklärte Oscar. »Sie sagte, dass sie Lena Grisky sei. Da habe ich ihr den Zeitmesser gegeben, den deine Mutter für dich bestimmt hat.«

»Jemand hat sich für mich ausgegeben?«, fragte Lena ungläubig. »Aber wer sollte so etwas tun?«

Oscar zuckte hilflos mit den Schultern. »Es tut mir so leid!«, beteuerte er. »Ich habe mich täuschen lassen!«

Lena konnte nicht glauben, was sie da hörte. Oscar hatte den Zeitmesser ihrer Mutter jemand anderem gegeben? Der Zeitmesser, der ihre Rückkehr in die Vergangenheit möglich gemacht hätte? Zutiefst enttäuscht verabschiedete sie sich und lief mit leeren Händen zurück in die Schule.

Dort berichtete sie Ines, was vorgefallen war.

»Aber wer könnte das gewesen sein?«, wunderte sich auch Ines. Lena hatte eine Idee: »Vielleicht einer von den Zeitsammlern?«

»Verflixt!«, rief Ines. »Und jetzt haben sie auch noch den Zeitmesser deiner Mutter!«

Doch bevor sie noch weitere Vermutungen anstellen konnten, bekam Ines eine Nachricht auf ihr Telefon. »Max wartet unten auf uns, schreibt er«, sagte sie. »Er hat drei Ausrufungszeichen gemacht – scheint wichtig zu sein.«

Also liefen Ines und Lena hinunter in den Aufenthaltsraum, wo sie zeitgleich mit Thea, Jeff und Dash ankamen.

»Gut, dass ihr alle da seid«, sagte Max und sprang von seinem Platz auf. »Ich habe euch etwas Wichtiges zu sagen!«

»Raus damit!«, drängelte Jeff ungeduldig. »Hat es etwas mit dem BLOK zu tun?«

Aber Max wartete, bis alle sich gesetzt hatten. Er wollte seine Nachricht und deren Wirkung voll auskosten. »Der BLOK ist im Finale«, verkündete er schließlich.

Jeff und Dash sprangen jubelnd auf und klatschten sich ab. Ines und Lena schlugen in Max' Hand ein. Sogar Thea lächelte.

»Und jetzt werden wir natürlich gewinnen«, verkündete Max. »Die können sich alle warm anziehen! Morgen ist der Wettbewerb!«

Dash sah Max erschrocken an. »Morgen?«

Auch Jeff wirkte plötzlich besorgt. »Übermorgen ist die Gala im Garnier. Dein Vater presst bis dahin jeden Funken Lebensenergie aus uns heraus! Wie sollen wir da gewinnen?«

»Ich schaff es so schon kaum, ohne Schmerzen zu laufen«, schloss sich Ines an.

Aber Max wiegelte ab: »Der Wettbewerb ist morgen um 21 Uhr! Wir haben nach dem Unterricht genug Zeit, um uns zu erholen!«

Lena pflichtete ihm bei: »Wir haben mit dem BLOK etwas Einzigartiges geschaffen! Wir können jetzt nicht schlappmachen!«

Ines nickte. »Lena hat recht. Das ist unsere Chance, etwas für uns selbst zu machen und nicht die Marionetten eines Armando Castillos zu sein!«

»Gut, abgemacht«, sagte schließlich Dash und hielt den anderen seine Hand hin. »Wir schaffen das!«

Max, Jeff, Lena und Ines legten sofort ihre Hände auf seine. Aber auch Thea war der BLOK nicht egal. Nach kurzem Zögern schlug auch sie ein. Doch dann zog sie sich auf ihr Zimmer zurück. Denn sie wollte endlich in Ruhe die für Lena bestimmte Uhr erkunden.

49

Hastig verließ Henri die Opéra Garnier. Gerade hatte er für Lena einen Brief im Kamin hinterlassen. Nun wollte er wieder zurück in den Uhrenladen. So schnell ihn seine

Füße trugen, rannte er über das Kopfsteinpflaster der schlafenden Stadt. Doch gerade als er aus der Avenue de l'Opéra kam, versperrte ihm eine dunkle Gestalt den Weg. Henri konnte nur mit Mühe abbremsen, verlor das Gleichgewicht und landete unsanft auf seinem Hintern.

»Henri Duquet, wie ich annehme? Du bist verhaftet!«, erklärte zu seiner Überraschung eine mädchenhafte Stimme.

»Wer bist du? Und was um alles in der Welt willst du von mir?«, wunderte sich Henri. Das Mädchen trat einen Schritt vor in den Schein einer Gaslaterne. Sie war ungefähr in seinem Alter, aber sie trug die merkwürdigsten Kleider, die er je gesehen hatte. Es handelte sich um eine Art Uniform, die allerdings nicht das Geringste mit denen der Pariser Gendarmen zu tun hatte. Sie war hellblau glänzend und endete über dem Knie. Der lederne Gurt und zahlreiche Anhänger blinkten. Sie wirkten, als hätten sie geheime Funktionen. Auf dem Kopf trug das Mädchen eine Schirmmütze, auf der ein ihm unbekanntes Symbol prangte.

»Agentin Francie«, stellte sie sich vor, »Zentrales Zeitreisebüro, Spezialabteilung für jugendliche Delinquenten. Dich zu finden, war ungefähr so schwer, wie der Spur eines Elefanten zu folgen.« Sie sah auf ein Gerät, das sie wie einen überlangen Armreif am Unterarm trug. »Ich habe noch nie eine Akte mit so vielen temporalen Verstößen gesehen, du meine Güte!«

»Ich kann das erklären«, protestierte Henri.

»Oh, da bin ich sicher«, lächelte Agentin Francie spöttisch, »und du wirst auch noch die Gelegenheit dazu erhalten. Aber jetzt muss ich dich leider verhaften und mitnehmen.«

»Wie mitnehmen? Nein!« Henri hatte keine Zeit, irgendwohin mitgenommen zu werden. Er griff nach dem Zeitmesser in seiner Tasche.

»Also das würde ich an deiner Stelle lieber bleiben lassen«, sagte Francie. »Widerstand gegen eine Agentin des Zeitreisebüros in Ausübung ihrer Tätigkeit ist nämlich ein schweres Vergehen. Außerdem funktioniert dein kleiner Trick bei mir sowieso nicht«, fügte sie hinzu und zeigte dabei auf einen ihrer Anhänger. »Anti-Zeitschleifen-Kristall zum Schutz vor Zeitsammlern wie dir.«

»Ich bin doch kein Zeitsammler!«, stieß Henri empört hervor. »Im Gegenteil! Egal was auch immer in dieser komischen Akte da steht, ich kämpfe gegen die Zeitsammler!«

»Als Nächstes willst du mir wohl weismachen, dass du nicht für diese Zeitrisse verantwortlich bist, hmm?« Francie schien nicht überzeugt.

»Das waren die echten Zeitsammler! Ich versuche nur, meine Freundin zu finden, die in einen Zeitstrudel geraten ist.«

Im selben Moment kam Henri eine Idee und er zog ein säuberlich zusammengefaltetes Papier aus der Brusttasche.

»Hier«, sagte er und reichte es Francie. »Ich habe geschworen, zu beobachten und nicht einzugreifen, die Spuren anderer zu verwischen und keine eigenen zu hinterlassen«, wiederholte er den Schwur aus dem goldenen Buch der Zeitreisenden.

Francie zog überrascht die Augenbrauen hoch. »Du bist ein offizielles Mitglied der Gilde?«

Henri nickte stolz.

»Hmm, hier steht, dass du zu Zeitreisen autorisiert bist, beglaubigt und gestempelt.« Sie sah Henri prüfend an: »Du kennst Oscar?«

»Ja, natürlich kenne ich ihn«, sagte Henri, »das ist doch seine Unterschrift!«

»Das wirft natürlich ein ganz neues Licht auf die Sache«, sagte Francie. »Ich muss das aber erst mit meinen Vorgesetzten besprechen. Bis dahin setze ich dich unter Arrest.«

»Das kannst du nicht tun« protestierte Henri. »Ich muss doch zu meiner Freundin. Das ist ein absoluter Notfall!«

»Na ja«, sagte Francie und zuckte mit den Schultern. »Tut mir sehr leid, aber ich habe meine Anweisungen.« Dann drückte sie einen der Knöpfe auf ihrem Armband und Henri erstarrte.

50

Am Tag der BLOK-Challenge lief Lena mit einem Brief für Henri auf das Dach des Garnier. Er musste unbedingt erfahren, was sie über ihre Mutter herausgefunden hatte und dass der für sie vorgesehene Zeitmesser verschwunden war! Als Lena den Brief in den Kamin steckte, fand sie zu ihrer großen Freude auch eine Nachricht von Henri.

»Liebste Lena«, las sie. »Morgen ist es so weit. Das Portal öffnet sich! Diesmal wird alles klappen, ganz bestimmt! Um kurz vor Mitternacht komme ich zu Dir und hole Dich zurück! Alles Liebe. Henri.«

Eine Flut von Gefühlen überrollte Lena. Der Gedanke, Henri endlich wieder zu sehen, ließ ihr Tränen des Glücks in die Augen steigen. Aber warum fühlte sie sich gleichzeitig so traurig? Immerhin blieb ihr diesmal genügend Zeit, von der Zukunft Abschied zu nehmen. Und sie würde sowohl bei der Challenge als auch bei der Gala tanzen können!

Mit den Neuigkeiten lief sie in ihr Zimmer, um Ines davon zu erzählen.

»Wirklich morgen schon?«, fragte Ines traurig.

»Ich kann es mir nicht aussuchen«, erklärte Lena und nahm Ines' Hand. »Henri kann nur dann kommen, wenn sich das Portal öffnet!«

»Okay, dann gib heute Abend bei der Challenge alles«, sagte Ines und versuchte ein Lächeln.

»Das werde ich«, versprach Lena. »Aber jetzt erst mal Drill bei Castillo!«

Gemeinsam brachen sie auf zur vorletzten Probe vor der großen Gala.

Obwohl alle Tänzer und Tänzerinnen eine perfekte Darbietung ablieferten, war Armando Castillo auch heute nicht zufrieden. Zum Schrecken aller verkündete er am Ende der Proben: »Nein, so geht das nicht! Kommt alle heute Abend ins Garnier, wir machen noch einen Extra-Durchgang!«

Auf Max' Gesicht zeigte sich Entsetzen. Jeff verdrehte die Augen.

»Wir müssen uns heute Abend bei der Probe total anstrengen, damit wir es noch rechtzeitig in den It-Club schaffen«, erklärte Max, als sie später im Aufenthaltsraum zusammensaßen. Aber Ines schüttelte resigniert den Kopf. »Auch wenn wir besser wären als das feste Ensemble der Oper, würde dein Vater trotzdem einen Grund finden, warum wir bis in die Nacht weitermachen müssen!«

Jeff, Dash und Thea stimmten ihr betrübt zu. Nur Lena wollte nicht aufgeben.

»Es muss einen Weg geben …«, sagte sie. »Der BLOK muss unbedingt auftreten!«

Bis zum frühen Abend überlegte sie, wie sie Armando austricksen konnten. Dann hatte sie eine Idee.

Wie von Armando Castillo angeordnet, erschienen alle zu den Proben im Garnier. Jeder war bereit, sein Bestes zu geben, nur um so rasch wie möglich fertig zu werden. Doch kaum hatte der Durchlauf begonnen, strauchelte Lena. Beinahe hätte sie Max im Fallen mitgerissen.

»Was machst du da? Reiß dich zusammen, damit wir hier wegkönnen«, flüsterte Max erschrocken.

Aber keine Minute später unterlief Lena schon der nächste Fehler. Während sich Max nach links drehte, wandte sie sich nach rechts.

Armando Castillo unterbrach die Probe. »Halt! Was haben wir denn für ein Problem, Mademoiselle Grisky? Ich hoffe doch, wir dürfen hier nicht wieder einen Ausbruch von Lampenfieber erleben?«

Lena trat einen Schritt vor. »Das ist es nicht, nein.

Irgendwie habe ich Probleme mit der Schrittfolge und bräuchte noch etwas Hilfe. Das ist nur blöd für die anderen. Könnten Sie sie vielleicht gehen lassen, während ich mit Ihnen weiterprobe?«

Max sah Lena erschrocken an. Doch dann begriff er, was sie vorhatte.

»Also gut, in Ordnung. Raus mit euch!«, rief sein Vater genervt.

Während alle erleichtert ihre Sachen schnappten und aus dem Studio rannten, zog Max Lena zur Seite.

»Das musst du nicht tun! Du musst dich nicht für den BLOK opfern«, sagte er.

Aber Lena schob ihn von sich: »Geh! Tanzt! Ich will es so.«

Max sah Lena in die Augen. »Das ist sehr groß von dir«, bedankte er sich. Dann machte er sich Hals über Kopf auf den Weg zum It-Club.

Lena blieb mit Armando allein zurück. Heimlich sah sie auf die Uhr. Es war halb neun. Der BLOK würden es noch pünktlich schaffen. Lena lächelte zufrieden.

Armando Castillo hatte deutlich schlechtere Laune.

»Lena, geh auf die Startposition. Wir machen einen neuen Durchlauf.«

Lena folgte seiner Anweisung. Sie begann zu tanzen – nur diesmal vollkommen fehlerfrei. Armando Castillo stoppte die Musik.

»Genug, genug! Was hat das zu bedeuten? Vorhin hast du dich hier schwerfällig wie ein Walross bewegt und jetzt bist du auf einmal leichtfüßig wie eine Gazelle. Was ist dein Problem?«

Lena wusste nicht, was sie sagen sollte.

»Liegt es an deinem Partner, hat es mit Max zu tun?«, fragte Monsieur Castillo.

Lena schüttelte heftig den Kopf.

»Nun, ich habe Zeit. Du wirst nicht eher wegkommen, bevor du mir nicht sagst, was hier vor sich geht«, erklärte Max' Vater und verschränkte die Arme. »Es ist doch immer dasselbe«, schimpfte er. »Ich hätte mit euch allen viel härter umgehen sollen, vor allem mit Max.«

»Nein, das ist nicht wahr«, entfuhr es Lena. »Sie hätten ihn eher loben sollen! Sie wissen gar nicht, wie gut er ist!«

»Was hat das mit dieser unterirdischen Leistung zu tun, die du mir da vorhin abgeliefert hast?«, fragte Max' Vater misstrauisch.

»Alles!«, rief Lena. Sie fühlte sich mit einem Mal fürchterlich überfordert. »Sie wissen gar nicht wirklich, was Sie Max angetan haben. Ich wünschte, ich könnte Ihnen zeigen, wie gut er ist. Auch durch ihn hat der BLOK heute die Chance, den Wettbewerb zu gewinn …«

Lena hielt sich erschrocken die Hand vor den Mund, als sie bemerkte, dass sie schon zu viel erzählt hatte.

»Wovon redest du da? Was ist der BLOK? Was für ein Wettbewerb?«, hakte Monsieur Castillo nach. »Sag mir sofort alles, was du weißt!«

Lena war den Tränen nahe. »Bitte, Monsieur Castillo. Es ist doch nur ein Wettbewerb! Bestrafen Sie mich, aber nicht die anderen. Das ist alles meine Schuld!«, flehte sie. Aber Monsieur Castillo war kurz davor zu explodieren.

»Lena, raus mit der Sprache: Wo findet diese Challenge

statt?«, forderte er mit hochrotem Kopf. »Sag es, oder ich setze die Gala morgen ab!«

51

Im Hauptquartier der Zeitsammler herrschte dicke Luft. Die drei waren weiter entfernt von ihrem Ziel, die Zeit kontrollieren zu können, denn je. Das Porta-Portal war nun endgültig außer Gefecht gesetzt, und Henri hatte es geschafft, sie zu überrumpeln und den wertvollen Zeitmesser zu entwenden. Aber Frank wäre nicht Frank, wenn er nicht schon wieder einen neuen Plan ausgeheckt hätte.

Natürlich war ihm das Kommen und Gehen in Oscars Laden nicht verborgen geblieben. Als er Prinzessin Alexandra hineinstürmen sah, wurde ihm alles klar: Dieser mysteriöse Alex war niemand anderes als Prinzessin Alexandra, Helena Griskys Mutter aus dem fernen Russland! Frank hatte sich an die Gerüchte erinnert, dass im alten Zarenreich ein besonders seltener Zeitmesser existierte, und jetzt fügten sich die Details wie Mosaiksteine zusammen!

»Wir müssen uns das Mädchen schnappen«, sagte Frank. »Helena Grisky ist der Schlüssel zum Zeitmesser!«

»Ich dachte, der Zeitmesser wäre der Schlüssel?«, staunte Clive.

»Du raubst mir noch den letzten Nerv«, stöhnte Frank und wischte sich die blonde Locke aus der Stirn. »Ich meine, wir fangen sie und werden ihre Mutter erpressen. Es ist doch klar: Prinzessin Alexandra und Victor Duquet kennen sich, weil sie beide Zeitreisende sind! Also haben auch beide einen Zeitmesser. Wenn wir erst Lena in unserer Gewalt haben, können wir sie gegen die zwei wertvollsten Zeitmesser auf der ganzen Welt eintauschen!« Frank sah die anderen triumphierend an. »So weit alles klar?«

Clive nickte eifrig, machte aber nicht den Eindruck, als ob er etwas kapiert hätte.

»Kommen wir denn überhaupt an Lena ran?«, gab Pinky zu bedenken. »Ich dachte, sie steckt in einer Zeitblase, und jetzt, wo das Porta-Portal kaputt ist ...«

»Das spielt keine Rolle mehr«, erklärte Frank. »Dadurch, dass wir einmal durch diese Blase gekommen sind, haben wir sie quasi angepikt, sie ist durchlässig geworden. Wenn morgen wieder regulärer Portal-Tag ist, spazieren wir einfach hinein, als hätte es nie eine Blase gegeben.«

»Und dann schnappen wir uns das Mädchen«, sagte Pinky.

»Genau das machen wir und diesmal gehen wir auf Nummer sicher!« Frank liebte einen guten Plan.

52

Im It-Club herrschte ausgelassene Partystimmung. Der große Saal war derart voll, dass es kaum möglich war, von einer Seite zur anderen zu gelangen. Überall blinkten bunte Lichter. Aus den Lautsprechern wummerten Rhythmen, die niemanden still stehen ließen. Doch trotz des enormen Andrangs herrschte eine entspannte, fast familiäre Atmosphäre. Denn unter der hohen Decke des ehemaligen Kinos hatten sich all diejenigen versammelt, für die Tanz alles im Leben bedeutete. Aus ganz Europa waren sie gekommen, bereit, diesen Abend zu einem unvergesslichen Erlebnis zu machen.

Nur Max sah sorgenvoll aus. Immer wieder suchte sein Blick die Eingangstür, in der Hoffnung, dass Lena es doch noch zu ihrem Auftritt schaffen würde.

»Das ist aussichtslos«, seufzte Jeff und zog Max schließlich mit sich zur Tanzfläche. Alle anderen Teilnehmer der Challenge hatten bereits ihren Auftritt hinter sich. Es war nur noch eine Frage von Minuten, bis der BLOK an der Reihe sein würde. Auch Max sah nun ein, dass sie ohne Lena tanzen mussten. Auf sein Zeichen hin versammelten sie sich im Kreis.

»Wir haben alle auf diesen einen Moment hingearbeitet. Lasst uns das verdammte Ding jetzt gewinnen!«, rief Max. Dann klatschten sich alle ab und nahmen ihre Position auf der Tanzfläche ein.

In diesem Moment kam Lena, dicht gefolgt von Armando Castillo, in den Saal gestürmt. Als Max' Vater seine Schüler auf der Bühne sah, blitzten seine Augen wütend auf. Lena konnte seinen Groll fast körperlich spüren. Ihr war klar, dass er Max, Jeff, Dash, Ines und Thea hochkant aus seinem Kurs werfen würde, wahrscheinlich würden sie sogar von der Schule fliegen. Sie hingegen … vielleicht würde er sie, die Verräterin, verschonen …

»Und nun: der BLOK!«, kündigte der Ansager den letzten Auftritt des Abends an. Lena drehte sich zu Armando Castillo.

»Wenn wir untergehen, dann alle zusammen!«, rief sie. Dann bahnte sie sich ihren Weg Richtung Tanzfläche. Max sah sie zuerst. Ein Strahlen ging über sein Gesicht. Von Ines bekam sie eine Kusshand zugeworfen. Rasch nahm sie ihren Platz ein und nickte, um zu zeigen, dass sie bereit war: »Lasst uns tanzen!«, rief sie.

Die Musik ertönte und der BLOK begann zu tanzen. Die Musik wurde schneller, die Schrittfolgen immer komplexer. Aber Jeff, Max, Ines, Dash, Lena und Thea waren zu jeder Sekunde miteinander synchron.

Noch sensationeller waren jedoch die Soloeinlagen. So sprang Dash unvermittelt nach vorn und zeigte einige mitreißende Bollywoodmoves mit wilden Hüftbewegungen. Ines erstaunte das Publikum durch einen brasilianischen Kampftanz, dem Capoeira, der aus atemberaubenden Trittbewegungen, Saltos und verrückten Sprüngen bestand. Max und Jeff bekamen Extra-Applaus für ihre ausgefallene Hip-Hop-Choreografie, die auch in New York oder Los Angeles Aufsehen erregt hätte, während Thea mit Breakdance überzeugte, der ihren muskulösen Körper fantastisch zur Geltung brachte. Lena wirbelte auf ihren Zehenspitzen über die Bühne, um zum Schluss in die Arme ihrer Mittänzer zu springen, die sie vereint über ihre Köpfe hoben. Das Publikum schrie und klatschte. Eine so ungewöhnliche Show hatten sie noch nie erlebt! Max sah Lena glücklich an.

»Ich wusste, dass du kommst!«, rief er, während der Applaus um sie toste. Lena strahlte. Aber als sie ins Publikum sah, fiel ihr Blick auf das versteinerte Gesicht von Armando Castillo.

»Ich … ich muss dir …!«, stammelte Lena und spürte, wie ihr die Sprache versagte. Mit dem Finger deutete sie Richtung Armando Castillo, doch da verkündete der Ansager: »Und die Gewinner des heutigen Abends, der erste Platz geht an … den BLOK!«

Kaum jemand im Saal, der nicht begeistert aufschrie. Sogar die Verlierer der Challenge drängten sich um den BLOK, um zu gratulieren. Ines und Thea sprangen vor Freude auf Jeffs und Dashs Rücken. Max drückte Lena fest an sich und winkte überglücklich ins Publikum. Dann entdeckte er seinen Vater. Er senkte seinen Arm und erstarrte. Auch die anderen bemerkten nun die Anwesenheit ihres Lehrers. Erschrocken sahen sie zu Max, dann zu Lena.

Max lief los. Er wollte zu seinem Vater. Dieser drehte sich jedoch weg und verließ den Club. Fragend sah Max zu Lena. Tränen glänzten auf ihrer Wange.

»Es tut mir alles so leid.« Max begriff. Lena hatte seinen Vater hierhergebracht. Doch bevor er etwas sagen konnte, drängte Lena an ihm vorbei Richtung Ausgang. In Tränen aufgelöst flüchtete sie auf die Straße.

Ines folgte ihr. »Warum hast du das gemacht? Wie konntest du unsere Zukunft an der Schule so in Gefahr bringen? Nur weil du gehst, gibt dir das nicht das Recht, uns alles kaputt zu machen. Wie kann man nur so egoistisch sein?«

Lena schlug weinend die Hände vor dem Gesicht zusammen. »Ich weiß, es war ein furchtbarer Fehler. Bitte verzeih mir!«, bat sie.

Doch Ines schüttelte enttäuscht den Kopf. »Nein!

Meine ganze Zukunft ist in Gefahr und nicht nur meine! Das ist alles deine Schuld.«

53

Die Nacht vor der Gala verbrachte Lena nahezu schlaflos. Auch Ines kam nicht zur Ruhe. Sie wälzte sich die ganze Zeit von einer Seite zur anderen. Aber trotzdem sprachen sie kein Wort. Sogar das Frühstück bot keine Gelegenheit für ein Gespräch. Als Lena zur gewohnten Zeit in den Frühstücksraum kam, war niemand dort. Alle schienen ihr aus dem Weg zu gehen. Erst zur letzten Probe traf sie auf Max. Er stand nachdenklich auf der leeren Bühne des Garnier. Lena fühlte sich bei seinem Anblick so schlecht wie nie zuvor in ihrem Leben. Vorsichtig ging sie auf ihn zu.

»Entschuldige, ich weiß, dass ich Mist gebaut habe. Es tut mir ehrlich leid, aber ich wollte nur helfen. Ich hatte nicht die Absicht, deinem Vater vom BLOK zu erzählen, das musst du mir glauben!«, versuchte sie zu erklären.

Zu ihrer Überraschung sagte Max: »Ist schon okay«, und strich ihr dabei sanft über den Arm. »Wir alle wussten, was für ein Risiko wir eingehen.«

In diesem Moment erschien sein Vater im Saal. Mit verschränkten Armen baute er sich vor Max und Lena auf.

»Jeder von euch kennt die Regeln, keine Auftritte außerhalb der Schule. Von der Verletzungsgefahr, Überarbeitung und dem unerlaubten Entfernen vom Schulgelände ganz zu schweigen. In der Nacht vor meiner Inszenierung zu tanzen, der wichtigsten Aufführung des Jahres! Muss ich weiterreden?«

Max bemühte sich, Haltung zu bewahren. Er sah seinem Vater fest in die Augen. Lena ließ den Kopf hängen.

»Mir will einfach nicht in den Kopf, was ihr euch dabei nur gedacht habt. Eure ganze Karriere so aufs Spiel zu setzen!«, fuhr Armando Castillo aufgebracht fort. Doch nach einer kurzen Pause fügte er mit sanfterer Stimme hinzu: »Aber ihr habt etwas sehr Schönes geschaffen. Ich war sehr beeindruckt. Das war wirklich einzigartig, sehr individuell …«

Lena konnte kaum glauben, was sie hörte. Auch Max lächelte ungläubig. Hatten sie vielleicht doch eine Chance, am Garnier zu bleiben? Aber der kleine Funke Hoffnung zerstob augenblicklich, als Madame Carré mit gewohnt strenger Miene das Theater betrat.

»Kann mir jemand sagen, wo alle sind?«, fragte sie und sah sich fordernd um.

Sofort eilte die Ballettklasse von allen Seiten zu Max und Lena auf die Bühne.

»Möchtest du, Gabrielle, oder soll ich?«, wandte sich Armando Castillo an Madame Carré.

Die Direktorin reckte den Kopf. »Halten alle aus einem bestimmten Grund die Luft an?«, fragte sie. Niemand antwortete. Madame Carré fuhr fort: »Es ist eine große Ehre, Schüler der Pariser Oper sein zu dürfen. Ihr habt mich mit Stolz erfüllt. Heute Nacht werdet ihr vor einem vollen Haus auftreten. Eure Mitschüler werden da sein, aber auch Lehrer und die gesamte Familie des internationalen Balletts. Seid großartig! Habt Spaß!«

Lena hätte vor Erleichterung am liebsten laut geschrien. Überglücklich fiel sie Ines um den Hals, die ihre Umarmung warm und herzlich erwiderte. Auch Jeff, Dash und Thea war anzusehen, welch schwere Last von ihnen genommen war. Max suchte den Blick seines Vaters. Armando Castillo lächelte ihn an. Er hatte sie nicht verraten.

Lena konnte ihr Glück kaum fassen. Doch sie ahnte nicht, in welch großer Gefahr sie schwebte. Denn die Zeitsammler bereiteten im Hauptquartier ihre Entführung vor. Kurz bevor die Gala begann, schlüpften sie durch das Portal.

»Diesmal mach ich alles alleine«, kündigte Frank an. »Der Plan ist, das Mädchen zu fangen!« Clive und Pinky nickten ergeben.

Kaum hatten sie ihren Fuß ins Jahr 2018 gesetzt, steuerte Frank auf den Bühnenmeister zu, der für den technischen Ablauf der Gala verantwortlich war.

»Lena Grisky soll sich bitte umgehend bei der Kostümbildnerin für eine Anprobe melden. Würden Sie ihr das bitte ausrichten?«, bat er höflich.

Der Mann sah Frank misstrauisch an. Der Junge in seinen komischen Klamotten kam ihm seltsam vor. Doch dann nickte er und lief los, um Lena Bescheid zu geben. Diese stand mit Ines zusammen.

»Ich bin so froh, dass du mir verziehen hast«, sagte Lena. »Ich könnte nicht gehen, wenn du böse auf mich wärst.«

»Das hätte ich auch nicht ertragen«, erwiderte Ines lächelnd. Aber ihr war anzusehen, dass Lenas bevorstehender Weggang sie unglücklich machte.

Lena sah ihr trauriges Gesicht. »Hey, ich schreib dir Briefe und lege sie in den Kamin«, versuchte sie sie zu trösten.

»Geh!«, sagte Ines, um nicht in Tränen auszubrechen. »Du wirst doch noch von der Kostümbildnerin erwartet.«

Lena nickte und machte sich auf den Weg. Doch Max hielt sie auf.

»Ich habe gehört, du ziehst weg?«, fragte er.

Lena wusste nicht, was sie sagen sollte. »Ja, es ist Zeit für mich, nach Hause zu gehen«, erwiderte sie schließlich leise. Ihr Herz fühlte sich an, als würde es gleich in unendlich viele Stücke zerspringen. Max sah Lena bittend an. Es war offensichtlich, dass ihm tausend Fragen auf der Seele brannten. Doch bevor er etwas sagen konnte, wurde er von seinem Vater zur Seite gezogen.

»Noch 30 Minuten bis zum Aufziehen des Vorhangs. Ihr solltet längst umgezogen sein«, tadelte er Max und Lena.

»Ja, ich muss noch wegen meines Kostüms los«, erklärte Lena rasch und eilte davon.

54

Henri spürte nichts. Er dachte auch nichts. Es war kein guter, aber auch kein wirklich schlechter Zustand. Es gab keine Zeit und keinen Raum. Doch plötzlich war ihm, als würde eine Panzerung von ihm abfallen. Er rekelte sich und atmete tief durch. Wo war er? Rasch sah er sich um, dann auf seine Uhr. Erschrocken stellte er fest, dass seit seinem Weggang von Oscar 48 Stunden vergangen sein mussten. Er hatte keine Erinnerung an diese Zeit, als habe sie nie existiert. Doch er wusste noch zu gut, dass dieses Mädchen vom Zeitreisebüro, Francie, ihn verhaften wollte und ihn mit ihrem Zeitmesser eingefroren hatte! Offenbar hatte sie ihn dann in dieses mit Fenstergittern gesichertes Zimmer gebracht. Vorsichtig drückte Henri die Klinke. Die Tür war verschlossen.

»Ich komme gleich!«, hörte er Francie aus dem Nebenraum fröhlich rufen. Im nächsten Moment klirrte ein Schlüssel und die Tür ging auf.

»Bitte«, sagte Henri. »Ich habe keine Zeit mehr. Hast du mit deinem Vorgesetzten gesprochen?«

»Ich habe eine Anfrage eingereicht«, erklärte Francie.

»Komm schon! Meine Freundin steckt in der Zukunft fest. Ganz allein. Gib dir einen Ruck und lass mich raus!«

»Da kann ich dir nicht helfen«, sagte Francie. »Aber deine Freundin hat so ein Glück. Na ja, nicht unbedingt mit dieser In-der-Zukunft-feststecken-Sache. Aber immerhin hat sie einen Freund, der alles tun würde, um sie zurückzubekommen. Das ist ja so süß von dir!«

Henri verdrehte genervt die Augen. Aber dann hatte er eine Idee: »Wenn du die Zeitsammler suchst – ich glaube, ich weiß, wo sie stecken. Ich kann dich zu ihnen führen!«

Francie sah Henri ungläubig an. »Wirklich? Oh Himmel! Das würde meine Karriere ziemlich voranbringen! Damit könnte ich meinen Chef echt beeindrucken!«

»Dann lass mich sofort frei – und wir reisen augenblicklich ins Jahr 2018!«

Francie nickte begeistert. »Warum hast du das nicht gleich gesagt?«

Zur selben Zeit, nur über hundert Jahre später rannte Lena den Gang zur Kostümschneiderei entlang. Es blieb nicht mehr viel Zeit bis zum Beginn der Gala. Doch als sie eintreten wollte, war die Tür verschlossen. Verwundert trat sie den Rückweg an. Doch am Ende des Gangs erschien mit einem Mal Frank! Einem Reflex folgend, wich Lena zurück. Doch es gab keinen Fluchtweg. Es gab nur eine Möglichkeit: vorwärts! Sie musste an Frank vorbei! Lena fasste sich ein Herz und rannte los. Frank sah sie überrascht an. Doch bevor er auch nur reagieren konnte, ging Lena auf die Knie und rutschte auf dem Fußboden unter ihm vorbei. Sofort sprang sie wieder auf die Füße und rannte weiter. Wütend stürmte ihr Frank hinterher. Da entdeckte Lena eine offene Tür, die zum Lager der Requisite führte. Rasch huschte sie hindurch. Zu spät erkannte sie, dass der Raum keinen Durchgang hatte. Sie saß in der Falle!

»Hab ich dich!«, frohlockte Frank, als er die Tür hinter sich schloss.

Zur selben Zeit war Ines bereits in ihr Kostüm geschlüpft und wartete ungeduldig auf Lena. Von einer bösen Ahnung getrieben, machte sie sich schließlich auf die Suche. Doch bereits nach wenigen Schritten bemerkte sie, dass ihr jemand folgte.

»Die Liebe meines Lebens, das Mädchen meiner Träume, die Kirsche auf meiner Sahnetorte!«, hörte sie eine bekannte Stimme hinter sich. Pinky! Ines drehte sich um und packte ihn am Kragen. »Wo ist Lena!«, knurrte sie.

»Keine Ahnung, mein Engel«, behauptete Pinky und hob die Arme, als wolle er sich ergeben.

Ines seufzte und ließ den Zeitsammler los. Sie musste es anders versuchen.

»Weißt du, unser letztes Treffen wurde so jäh unterbrochen, und dabei bist du echt süß«, säuselte sie also und klimperte mit den Augen.

Pinky grinste selbstzufrieden.

»Selbst wenn es auf der Erde keine Schwerkraft gäbe, würde ich mich zu dir hingezogen fühlen«, schmeichelte Ines weiter, während sie den Zeitsammler ein paar Schritte zurückdrängte. Im nächsten Moment gab sie ihm einen unerwarteten Stoß. Pinky stolperte in eine Besenkammer. Blitzschnell warf Ines die Tür zu und verschloss sie fest.

»Wir sind füreinander bestimmt!«, protestierte Pinky.

Ines verdrehte die Augen und schob, bevor sie ging, zur Sicherheit noch eine große Kiste vor die Tür.

Währenddessen saß Lena noch immer in der Requisite fest. Doch Frank hatte nicht damit gerechnet, wie schwer es war, eine gut durchtrainierte Ballerina zu fangen. Lena wirbelte durch den Raum, täuschte eine Richtung an, sprang dann aber in die andere. Leichtfüßig hüpfte sie über Tische und Stühle. Frank kam nur schwerfällig hinterher. Schließlich kraxelte Lena auf ein hohes Regal. So sehr sich Frank auch reckte, er bekam sie nicht zu fassen.

»Du kommst mit mir!«, schrie er. Sein Kopf war rot vor Wut.

»Das werde ich nicht!«, rief Lena.

»Ha, ich kann warten«, antwortete Frank. »Mach es dir doch auch bequem … ganz wie du willst. Genieß die Aufführung einfach von hier aus. Wenn du deine Ohren spitzt, hörst du vielleicht sogar ein paar Takte vom Orchester«, versuchte er sie zum Herunterkommen zu provozieren. Aber auch Lena hatte einen Plan. Langsam ließ sie ihr Bein herab. Sofort versuchte Frank es zu greifen. Rasch zog sie es wieder hoch, um es gleich darauf erneut Frank entgegenzustrecken. Wieder und wieder grapschte Frank nach ihr. Schließlich versuchte er in seiner Wut die ersten Regalbretter zu erklimmen. Rasch sprang Lena auf den Boden, gerade noch rechtzeitig, bevor das Regal ins Wanken geriet und Frank unter sich begrub. Während Frank noch zornig nach Hilfe schrie, war Lena schon fort auf dem Weg zur Bühne, wo sie mit Ines zusammenstieß.

»Die Zeitsammler sind hier!«, rief Ines.

»Ich weiß«, erwiderte Lena. »Aber viel schlimmer: Ich bin noch nicht im Kostüm!«

In diesem Moment läutete auch schon die Glocke. In fünf Minuten würde der Vorhang aufgehen! Rasch liefen Ines und Lena zu den Garderoben.

Max, Jeff und Dash warteten bereits ungeduldig auf die Mädchen. Als sie Lena ohne ihr Kostüm sahen, stürmten sie mit in die Garderobe. Max und Jeff halfen Lena in ihr Kleid, während Dash Lenas Haare richtete und Ines die Spitzenschuhe schnürte. »Wisst ihr was?«, rief Lena, während die vier an ihr zuppelten. »Ihr seid die besten Freunde, die man sich wünschen kann!«

Keine Sekunde später liefen sie zur Bühne und stellten

sich mit den anderen Tänzern erwartungsvoll an den Rand. Es war so weit: Gleich würde sich der Vorhang öffnen. Doch als Lena sich ein letztes Mal umsah, blieb ihr Blick an Thea hängen. Sie trug den Zeitmesser Prinzessin Alexandras am Hals! Thea hatte in den letzten Tagen vergeblich versucht, den Mechanismus zu ergründen. Nun wollte sie wenigstens Lena aus der Fassung bringen, was ihr auch hervorragend gelang.

»Du warst das also!«, entfuhr es Lena. Mit zwei Schritten stand sie drohend vor Thea. »Gib mir sofort die Uhr!«

»Ich wüsste nicht, warum«, antwortete Thea lachend.

Aber Lena war nicht nach Spaß zumute. »Weil ich dir gleich bei jeder Gelegenheit ein Bein stellen werde, deshalb! Und dann werde ich dich kreuz und quer über die Bühne schleifen!« Lena war außer sich.

Thea zuckte zusammen, denn sie wusste: Lena war alles zuzutrauen. Ein Mädchen, das einen Jungen auf der Bühne unplanmäßig küsste und damit die Schule blamierte, würde auch nicht davor zurückschrecken, sie auf offener Bühne niederzuringen!

Rasch nahm Thea den Zeitmesser ab und reichte ihn Lena, die gerade noch Zeit hatte, die Kette um den Hals zu legen. Der Vorhang öffnete sich und die Tänzer strömten auf die Bühne.

Wenige Minuten später schlüpften auch Henri und Francie durch das Portal.

»Ich hole Lena«, sagte Henri. »Die Zeitsammler lungern hier irgendwo herum!«

Francie sah sich abenteuerlustig um: »Stell dir nur vor,

wenn ich zu meinen Leuten mit den Zeitsammlern zurückkomme! Ich wäre die totale Heldin.«

»Dann hol sie dir«, sagte Henri und klopfte Francie auf die Schulter.

Francie strahlte bis über beide Ohren. Rasch umarmte sie Henri, dann huschte sie los, um Frank, Pinky und Clive zu verhaften.

Sie musste nicht lange suchen, bis sie Frank gefunden hatte. Denn es war ihm noch nicht gelungen, sich von dem Regal zu befreien. Er hatte sich stattdessen darauf verlegt, nach Hilfe zu rufen. Als Francie ihn entdeckte, half sie ihm hervorzukriechen.

»Wer bist du?«, fragte Frank.

»Ich bin Spezialagentin Francie, Zeitreisebüro. Und du, mein Freundchen, sitzt mächtig in der Tinte«, erklärte sie, bevor sie mit ihrem Armband Frank erstarren ließ. »Dich hol ich später ab«, sagte sie und machte sich auf die weitere Suche.

Dabei musste sie zum Glück nur noch den anderen Hilferufen folgen, die aus der Besenkammer kamen. Pinky war überglücklich, als endlich die Tür geöffnet wurde. Doch der Anblick von Francie überraschte ihn. Er konnte gerade noch sagen: »Hallo, Süße.« Da hatte ihn Francie auch schon mit elektrischen Handschellen gefesselt.

Henri beobachtete vom Rand der Bühne fasziniert die ganze Aufführung. Seine Augen waren dabei allein auf Lena gerichtet, die elegant durch die Szenerie wirbelte. Sie stach unter allen Tänzerinnen wie ein Stern hervor! Er hätte ihr ewig zuschauen können! Doch die Aufführung würde bald enden. Die Musik schwoll an, Lena sprang leichtfüßig in die Höhe, sie schien regelrecht zu fliegen. Henri sah, wie Max sie lächelnd auffing und sie weit über sich in die Luft hob. Als er sie sanft zurück auf den Boden setzte, erklangen die Schlussakkorde der Musik. Henri sah mit Schrecken, wie sich Max' Gesicht Lenas Gesicht näherte … Das durfte doch nicht wahr sein! In einem Anfall von Eifersucht zog er seinen Zeitmesser aus der Tasche. Mit einem Klick fror er nicht nur Lena und Max, sondern auch das Publikum ein. Die Musik verstummte augenblicklich. Niemand rührte sich.

»Verzeihen Sie bitte die Unterbrechung, aber Sie werden sie ohnehin nicht bemerken!«, rief Henri in Richtung Publikum und sprang auf die Bühne. »Würdest du uns bitte kurz entschuldigen«, wandte er sich an Max und schob Lena aus seiner Reichweite. Dann drückte er einige Knöpfe an seinem Zeitmesser.

Lena erwachte zum Leben. Vor Freude sprang sie Henri sofort in die Arme: »Henri!!! Ich kann nicht glauben, dass du endlich hier bist!«

»Ich kann es auch nicht glauben!« Henri drückte Lena fest an sich. Da bemerkte Lena das regungslose Publikum.

»Henri! Was ist hier los?«, wollte sie erschrocken wissen.

»Das ist etwas, was ich gelernt habe«, erklärte Henri nicht ohne Stolz.

»Aber wir sind mitten in einer Aufführung«, sagte Lena.

»Tut mir leid«, erwiderte Henri und strahlte Lena verliebt an. »Ich konnte einfach nicht widerstehen. Ich war so aufgeregt, dich endlich zu sehen.«

Lena schmiegte sich an ihn. »Ich hatte es ja schon fast nicht mehr geglaubt …«, sagte sie, als plötzlich die Luft um sie herum aufflimmerte. Elektrische Funken stoben über die Bühne, eine Art Riss breitete sich aus und brachte den tonnenschweren Kronleuchter im Saal zum Beben.

»Was passiert hier?«, rief Lena erschrocken.

»Wir müssen ganz schnell zum Portal«, erklärte Henri und verfolgte geschockt, wie der Riss immer breiter wurde.

Lena wollte wegrennen, doch es gelang ihr nicht. »Ich kann meine Füße nicht bewegen!«, rief sie.

Henri begriff. »Unsere Zeitmesser, sie dürfen nicht so nah zusammen sein. Sie sind zu mächtig. Sie erzeugen einen Raum-Zeit-Riss!«

Der Spalt wurde mit jeder Sekunde größer, an seinen Rändern schien sich der Raum zu verwirbeln. Dazu kam das gefährliche Klirren des Kronleuchters. Es war nur noch eine Frage der Zeit, bis er in den Zuschauerraum stürzen würde.

Lena griff nach ihrem Zeitmesser, riss ihn sich vom Hals und warf ihn weit von sich. Im selben Moment schloss sich der Riss. Das Licht im Saal flackerte. Dann herrschte Stille. Die Gefahr war gebannt.

»Das war knapp!«, rief Henri. Er zog Lena von der Bühne, dann drückte er auf den Knopf seines Zeitmessers, um Publikum und Tänzer zu befreien. Der Schlussakkord klang aus, tosender Applaus setzte ein. Die Tänzer verbeugten sich. Nur Max sah verdutzt auf die Stelle, auf der Lena gerade noch gestanden hatte. Auch den Zuschauern blieb Lenas Verschwinden nicht verborgen, doch sie hielten es für einen Teil der genialen Choreografie von

Armando Castillos, einen raffinierten Bühnentrick. Nur Thea ahnte, dass hier etwas nicht mit rechten Dingen zugegangen war. Zu ihren Füßen entdeckte sie den Zeitmesser, den Lena von sich geworfen hatte. Rasch sah sie sich um und hob ihn auf.

Der Applaus wollte kein Ende nehmen. Die Tänzer mussten immer wieder auf die Bühne, um sich erneut zu verbeugen. Aber Max hielt es nicht mehr aus. Er wollte Lena finden. Doch als er von der Bühne stürmte, hielt ihn ausgerechnet sein Vater auf.

»Max, du warst großartig. Du bist ein wunderbarer Tänzer – ich hätte es dir schon viel früher in deinem Leben sagen sollen.«

Obwohl dies die Worte waren, nach denen sich Max immer gesehnt hatte, schob er sich rasch an seinem Vater vorbei: »Ich danke dir«, sagte er. »Das ist wahnsinnig lieb! Aber ich muss Lena finden!«

In diesem Moment lief Francie mit Frank und Pinky an Max vorbei Richtung Portal. Verwundert sah er ihnen nach.

Auch Thea hatte Francie bemerkt. Ahnungsvoll folgte sie ihr. Am Portal wurde sie Zeuge, wie Francie mit ihren Gefangenen durch die Ziegelsteinmauer trat. Im nächsten Moment waren sie verschwunden.

Geschockt sah Thea auf den Zeitmesser in ihrer Hand. War das das Geheimnis dieser seltsamen Uhr? Während sie unentschlossen vor dem Portal stand, hüpfte ihr ein merkwürdiger Bursche vor die Füße. Es war Clive. Er schien mit sich selbst zu sprechen. »Fang das Mädchen. Fang das Mädchen«, widerholte er unablässig. Francie hatte Clive übersehen. Denn er hatte die ganze Zeit im Publikum gesessen und die Aufführung genossen. Als Clive den Zeitmesser in Theas Händen entdeckte, schien er sich an etwas zu erinnern.

»Hey!«, rief er. »Der Zeitmesser! Ich soll ihn dir klauen«, rief er begeistert.

»Nein, das wirst du nicht«, antwortete Thea und verdrehte die Augen. »Ich hatte eine echt schlechte Woche!«

Clive nickte sogleich artig. »Nein, dann natürlich nicht!« Dann bot er ihr seinen Arm zum Geleit. Aber Thea stapfte schon los. Geradewegs durch das Portal. Clive folgte ihr diensteifrig.

Kaum waren die beiden verschwunden, tauchten auch Henri und Lena vor der Wand auf. Lena hatte sich rasch umgezogen und ihre Reisetasche geholt. Es gab doch einige Dinge, die sie gerne in die Vergangenheit mitnehmen wollte: die superbequemen Turnschuhe, aber auch ihr Lieblingsshampoo mit Vanille-Apfel-Geruch. Doch gerade als sie durch das Portal schlüpfen wollten, erschien Max.

»Lena! Wo willst du hin?«, rief er. »Ich suche dich schon die ganze Zeit! Du bist einfach von der Bühne verschwunden!«

Lena sah verlegen zu Boden. »Max, das ist mein Freund, Henri«, sagte sie. »Ich habe dir ja gesagt … wir gehen zurück nach … Russland.«

»Ich wünschte, wir hätten mehr Zeit gehabt, um uns noch besser kennenzulernen«, erwiderte Max traurig.

»Lena, wir müssen los, das Portal bleibt nicht ewig offen«, mahnte Henri mit genervtem Blick auf Max. Doch gerade als sie sich dem Portal zuwenden wollten, tauchten auch noch Jeff, Dash und Ines auf. Auch sie hatten sich auf die Suche nach ihrer Freundin gemacht. Lena konnte nicht anders. Für einen Moment ließ sie Henris Hand los, um alle noch einmal fest an sich zu drücken.

»Ihr seid die besten Freunde, die ich je hatte!«, erklärte Lena den Tränen nahe. Dann nahm sie Henris Hand und nickte ihm entschlossen zu. »So. Los geht's«, sagte sie. Henri nahm seinen Zeitmesser zur Hand. Gemeinsam traten sie vor, bereit, durch das Portal zu schreiten … doch als sie es versuchten, war da nichts anderes als eine Wand aus Ziegelsteinen.

»Oh nein, das Portal ist wieder geschlossen!«, rief Henri entsetzt.

Lena konnte es nicht fassen. Sie hatte so fest damit gerechnet, wieder nach Hause zu kommen. »Was sollen wir denn jetzt tun?«, fragte sie. Ratlos drehte sie sich zu ihren Freunden, die – bis auf Ines – ungläubig staunten, warum Henri und Lena durch eine Mauer hatten gehen wollen.

»Ihr Lieben«, sagte Lena schließlich verlegen lächelnd. »Ich glaube, ich bleibe noch ein bisschen hier …«

Epilog

Thea trat mit Clive aus der Opéra Garnier auf die Straße. Entsetzt sah sie sich um: Nirgendwo gab es Leuchtreklamen, Boutiquen, Elektrizität, Autos.

»Was ist hier los?«, blaffte sie Clive an.

»Das ist Paris im Jahr 1905«, klärte er sie auf.

Hastig zog Thea ihr Handy hervor, um eine Nummer zu wählen.

»Das kann doch nicht sein! Ich hab kein Signal!«, stöhnte sie auf. Dann warf sie vor Ärger Clive das Handy an den Kopf.

»Bring mir ein Telefon, das funktioniert! Ich muss Lena sprechen!«, schrie sie hysterisch.

Aber Clive hob nur abwehrend die Arme. »Ich hab keines. Nur reiche Leute haben heutzutage ein Telefon.«

»Dann ruf die 110, du dumme Nuss!«, forderte Thea. In diesem Moment fuhr eine Kutsche dicht an ihnen vorbei. Matsch spritzte auf und traf Theas Tutu, ihr Shirt und Gesicht. Wütend wischte sie sich den Dreck aus den Augen. Sie schrie: »Lena Grisky! Dafür wirst du bezahlen!«